JN158538

北朝鮮を撮ってきた！

アメリカ人女性カメラマン「不思議の国」漫遊記

My Holiday in NORTH KOREA
The Funniest / Worst Place on Earth: Wendy E. Simmons

ウェンディ・E・シモンズ［著］
藤田美菜子［訳］

原書房

本書を通して、私は彼の国に複数の呼称を用いた。北朝鮮、朝鮮、朝鮮民主主義人民共和国、DPRK、隠者王国、ノコ（ノースコリアの略。この呼び方を最初に使ったのはきっと私だろう）――これらはすべて同じ意味で使われている。

私はまた、「政府」という意味で「党」（朝鮮労働党、DPRKの執権政党、など）という言葉を使っている。なぜなら両者の違いがわからなかったから。不勉強をお詫びしたい。

ウェンディ・E・シモンズ

前によくおとぎばなしを読んでいたころは、書いてあることなんかほんとうには起こりっこないと思っていたのに、わたしは今ここで、そういうおとぎばなしのなかにいるんだわ！　わたしのことを書いた本があっていいわけよ、ほんとにそうよ！　そして大きくなったら、自分でも一つ書いてみるわ。（『ふしぎの国のアリス』）

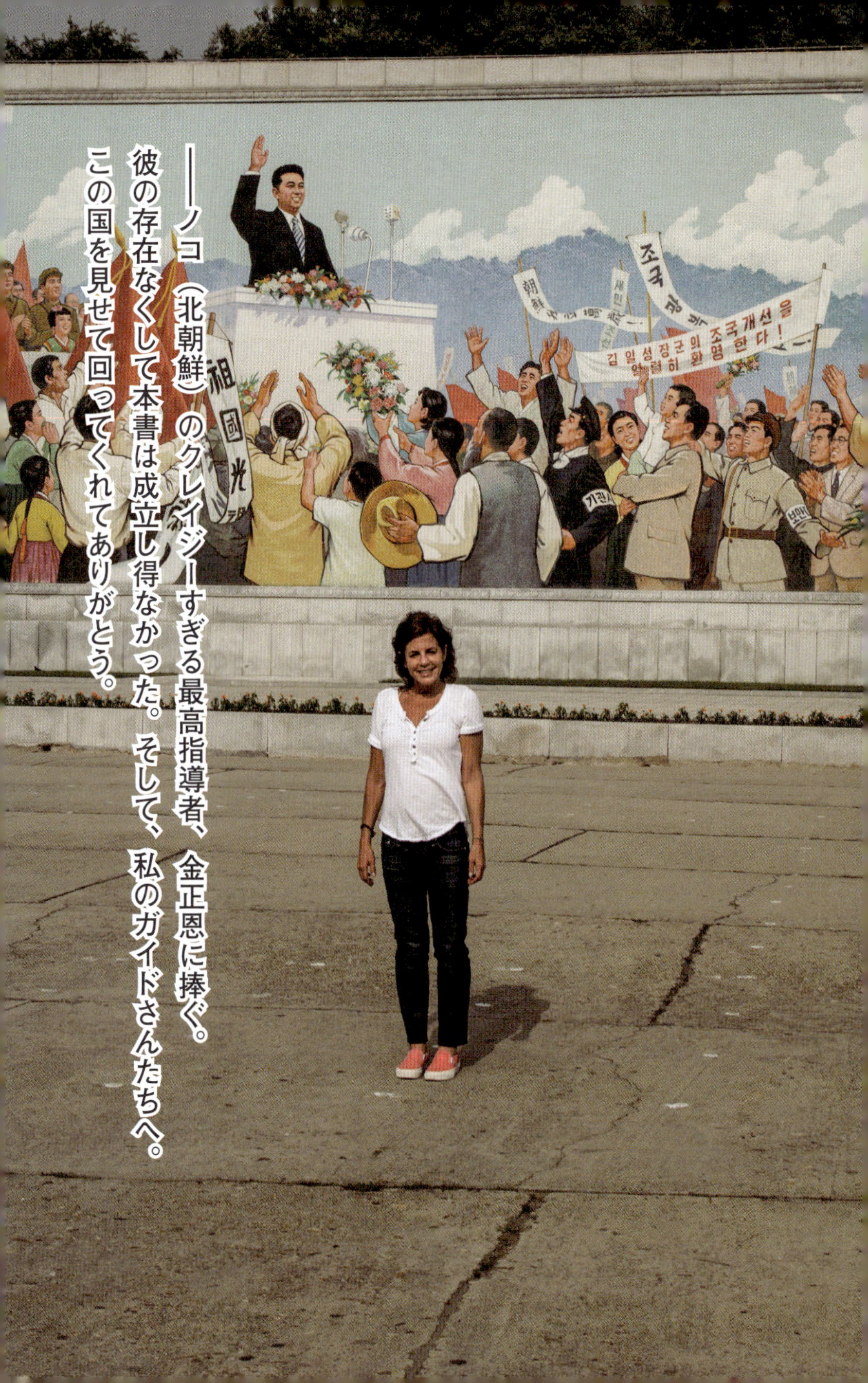

――ノコ（北朝鮮）のクレイジーすぎる最高指導者、金正恩に捧ぐ。
彼の存在なくして本書は成立し得なかった。そして、私のガイドさんたちへ。
この国を見せて回ってくれてありがとう。

目次

※本書中に引用されているルイス・キャロル『ふしぎの国のアリス』『鏡の国のアリス』は、福音館文庫版（生野幸吉訳）にしたがった。また、本文中、著者の旅程に若干の矛盾が見受けられたが、内容を優先して原文通りに訳出した。

ねえ、おまえもわかっただろうけど、この国じゃあね、
おなじ場所にとまってるのにも、ちからいっぱい走らなきゃだめなのよ。
（『鏡の国のアリス』）

はじめに

何かがヘンだ、と思わずにはいられないときがある。一〇〇〇年以上の歴史を誇る仏教寺院でお坊さんにたかられるのも、そんな経験のひとつだろう。

それはノコを発つ前日のことだった。これ以上、この国で驚かされることなんてないだろうと私はタカをくくっていた。だが、その考えは甘かった。

私と新人ガイド（以下、新人さん）は、お寺のガイドをお供に普賢寺（ポヒョンサ）を見学していた（ベテランガイドは、近くに停めた車の中で運転手と一緒に休憩していた）。普賢寺は一一世紀に建立された寺院群で、お寺のガイドがまっさきに指摘したのは「朝鮮戦争中にアメリカ人帝国主義者の手によって壊滅的な打撃を受けた」ということだった。

私たちは主仏塔に向かってコンクリートの短い階段をのぼり、塔の内部に入った。木製の箱にお賽銭を入れ、ロウソクに火を灯し、仏像の前に立ち、心の中でお祈りを唱える。私は新人さんの幸福を祈った。このおそるべき状況下でも、なんとか彼女が無事に暮らしてゆけますようにと。ベテランガイド（以下、ベテランさん）と運転手のためにも祈った。この頃には、二人のことも好きになりかけていたから。それから北朝鮮の全人民のために祈った。結局、神のご加護がなければ私だってこの国に生まれていたかもしれない。人生なんてしょせん運だ。どこで生まれ、どうやって死ぬかは決められない。最後に私は、表で見かけた僧侶のためにも祈りを捧げた。あらゆる宗教が「積極的に抑圧されている」この国で、僧侶が心楽しい生活を送っているとは思えなかった。

塔から出ると僧侶がまだ表に立っていたので、私は無邪気にも挨拶してくれるのかと思った。やれやれ、ここは北朝鮮だというのに（バカなウェンディ）。なんのことはない、彼は私の罪に対して金銭を要求しようとしていただけだった。

お寺のガイド、新人さん（による通訳）　僧侶は

こう言っています。あなたの前にこの寺院を訪れたアメリカ人帝国主義者は、同胞が戦争中にこの寺院を爆破していったことを恥ずかしく思い、心の平和を取り戻すために多額の金銭を置いていった、と。

私　（言いようのない目眩と虚無感に襲われながら、心の中で）何を言ってんの、この人？（それから声に出して）どうかお坊さんに、私はアメリカ人だけど、アメリカ人帝国主義者なんかじゃないとお伝えください。朝鮮戦争だって私が起こしたわけじゃありません。そもそも生まれてさえなかったんだし。私自身はあらゆる暴力に反対の立場です。虫だって殺さないくらい！　何年もかけて世界中を旅して回り、たくさんの仏教寺院を訪ねてきたけれど、お坊さんから強請られたのは、これが初めてです。それと、私がお坊さんのために中でお祈りしたってことも、ちゃんと言っといてくださいね。

今度こそ、もうウンザリだ。

アリスはとび起きました。チョッキを着たウサギだの、
時計を取りだすウサギだの、一度も見たおぼえがない
ことに、はっと気がついたからでした。物珍しさで夢中
になったアリスはウサギを追って野原をよこぎり……
(『ふしぎの国のアリス』)

プロローグ

外に出てはいけないと言われているときほど、たまらなく外に出たくなる。自分でもその衝動の強さに驚くほど。そんな平壌での一夜のことだった。私はただ、この薄暗く、殺風景で、くすんでいて、不気味で、がらんとしたホテルから抜け出したかった。

私はガイドたちと一緒に、宿泊先である高麗ホテルに戻ってきたばかりだった。まだ夜の六時。けれども北朝鮮では、付き添いなしに外国人が外を歩き回ることは許されていないので、翌朝の七時半にガイドたちがふたたび連れ出してくれるまで、私は表には出られない。電気ショック首輪をつけられた犬になった気分だ。

私はうめいた。「牢屋に戻ってきたような気分よ」

ベテランさんがすばやく引き返してきて、散歩に付き添おうかと申し出てくれた。

「ロビーで六時五五分に集合しましょう。六時五五分から七時五分まで散歩です」

北朝鮮では、スケジュールと集合時間はとびきり厳格なのだ。

私たちは長めの二ブロック分を歩き、長めの二ブロック分を歩いて戻ってきた。町の人々の視線を始終感じながら。アメリカ人帝国主義者に出くわして、彼らは明らかに嬉しそうではなかった。途中、私たちは囲いのある屋台に立ち寄った。ベテランさんが北朝鮮謹製のアイスクリームを「特別にごちそうして」くれるという。私は丁重に辞退した。この商店不毛の地で、果たして本物のアイスクリームが手に入る屋台なんてあるのだろうかと考え込みながら（ないに決まってる）。

けれども、ベテランさんは聞き入れてくれなかった。「牢屋にいるみたいだって言ったでしょう？　だったらアイスクリームを召し上がれ！」

きっと、私は彼女の気持ちを傷つけてしまったのだろう。私はアイスを食べた。オレンジバニラみたいな味がした。バニラ味がしない、あるいはオレンジ味がしないオレンジバニラのような味だった。

七時五分かっきりに私をホテルに連れ帰ると、ベテランさんは振り返って言った。「ほら、気分がよくなったでしょう？」魔法のような五分間のアイスクリーム付きリフレッシュ休暇を許可された子供に対するような言い方だった。

ええ、もうすっかり。

私は（ふたたび）尋ねてみた。北朝鮮最大と言われる外国人向けホテルが、なぜエントランスの前にベンチを置くことすら許されていないの？　見張りの警備員やドアマンは大勢いるし、たまに観光客が新鮮な空気を吸いに出てきたって罰は当たらないでしょう。

ベテランさんは、いかにも北朝鮮らしい（イカれた）返事をよこした。「正直な話、お行儀の悪いアメリカ人が——あなたのことじゃありませんよ——私たちの国について誤ったイメージを流すために情報を悪用するからです。だから、国家統一がなされるまでは外国人は無断外出禁止なのです」

なるほど、了解。

偶然にも次の二日間で泊まった田舎のホテルでは、敷地内の小さな中庭にベンチが置かれていた。ベテランさんはすぐさま、これ見よがしにベンチを指さし、私に座るよう勧めた。「牢屋にいるような気分にならずにすむから」と。このときにはまだ、親切で言っているのか意地悪で言っているのかよくわからなかった。今思えば、その両方だったのだろう。

*

私は根っからの旅人だ。世界を探検し、さまざまな国の人と出会い、その人たちと同じ生活を体験し、そこで見たことをほかの人と分かち合うことを生きがいにしている。これまで八五カ国以上を旅していて（自治領や植民地、海外領土も含む）、何回も訪れている国も少なくない。旅を重ねるごとに、私はますます人間の相違点よりも共通点の多さを痛感するようになった。異なる政治信条を掲げ、異なるスタイルで生活してはいても、すべての人間の根っこは同じだと確信するようになっていた。

そして、私は北朝鮮を訪れることになった。そこで私は、ふしぎの国のアリスみたいにウサギ穴に転がり落ちることになる。

これは、そんな私のおはなし。

「わたしが気ちがいだなんて、どうしておわかりなの？」とアリスは言いました。
「気ちがいにきまってるさ」とネコは言いました。「さもなきゃ、こんな場所にやってくるわけがない」

（『ふしぎの国のアリス』）

第一章　平壌(ピョンヤン)到着

二〇一四年、六月二五日。中国国際航空(エアチャイナ)121便は平壌の順安(スナン)空港に着陸し、滑走路をタキシングして停止した。キャビンのドアが開き、私はタラップを降りて飛行機をあとにした。この国を訪れる大半の人々と違って、私は団体ツアーにも国際交流機関にも所属していなかった。たった一人で朝鮮民主主義人民共和国へ観光にやってきたのだ。

これ以上はないというほど、私は興奮していた。

私たちが乗ってきた飛行機、一二人かそこらの乗客、タラップの下で待ち構えている軍人と空港スタッフ五、六人、そしてターミナルの壁にでかでかと描かれた、満面の笑みを浮かべる金日成……それが視界に入ってきたすべてだった。荷物を運ぶ車両も、食料や燃料を運ぶトラックも、ベルトローダー車も見当たらない。というより、乗り物自体が存在していなかった。作業中の地上クルーもいない。他の飛行機も停まっていない。私たちが乗ってきた飛行機以外は。

軍人の一人が、私に向かってターミナルビルを指さした。私は入り口に向かい、建物の中に入った。この二〇歩を最後に、私は表を自由に歩き回れる世界と一〇日のあいだお別れすることになる。

ターミナルの中には、ふつうの空港のような活気がなかった。ターミナルの外も同じく。フィリピンの小さな島に着陸しようと、ウガンダの土の滑走路に着陸しようと、そのあとは人込みが待ち構えているものなのに、この北朝鮮の首都は違った。

入国審査のブースは三つ。ふたつは"ふつうの"人用、もうひとつは外交官その他の政府職員用だった。北朝鮮へ一人でやってくる外国人女性なんて外交官以外に考えられないとでも思っているのだろう、同じ飛行機に乗っていた客が、しきりに外交官ブースの前に並べとせっついてくる。私は元の列に留まった。外交官のふりをしたせいで国外退去をくらうなんてごめんだ。だいたい、まだ入国すらしてないのに。

自分の番になったので、私はカウンターへ進むと書類とパスポートを差し出し、ニッコリして「ハロー!」と明るく声をかけた。

入国審査官は目も合わせようとせず、なにやらブツブツとつぶやいただけだった。彼は書類から紙を一枚抜き取ると、別の紙にスタンプを押し、パスポートと一緒に返してよこした。ついに私は北朝鮮に入国したのだ。

私は陶然としていた。世界のどこであっても構わない。未知の土地に足を下ろすとき、私にとって人生で最高に興奮する瞬間が訪れる。今まさに生きていると実感できるひととき。私は新しい世界で新しく生まれ変わる。何もかもがもの珍しく、ごくささやかな達成ですら勝利の喜びをもたらしてくれる。行く先に待ち構えているすべてのものが発見と学びになる。しかも、私は北朝鮮にいるのだ——地球上で最も孤立した国に。すごいことにならないわけがない。

事前のリサーチで、持ち込み可能なカメラとレンズの大きさと種類は確認してあったし、アイフォンからも疑いを持たれそうなアプリはすべて消去していた。その他の電子機器と現金についても、もれなく入国書類上で申告してあったが、それでもセキュリティチェックに向かうときはびくびくせずにはいられなかった。

「携帯電話を出して！」と警備員が声を張り上げた。

北朝鮮では検査のために携帯電話を取り上げられるということはネットで読んでいたし、最近ではきちんと返してくれるということだったので、私は抵抗せずに携帯電話を差し出した。そして、一〇〇年も昔から使われていそうな荷物検査機の上にバッグを載せた。さらに、これまたおそろしく年代物の金属探知機を通り抜けてボディーチェックを受けていると、警備員（軍人？）たちが私の電話に群がってなにやらガヤガヤとやっているのが目に入った。何をしようとしているのか想像もつかない。だいいち、携帯はロックされているのに。盗聴器か録音機でも取りつけているのだろうか？　たぶん、単にロックを解除しようとしていただけだろう。

数分後、一人の警備員が携帯を私に返してよこし、両開きの扉を指さした。出ていってかまわ

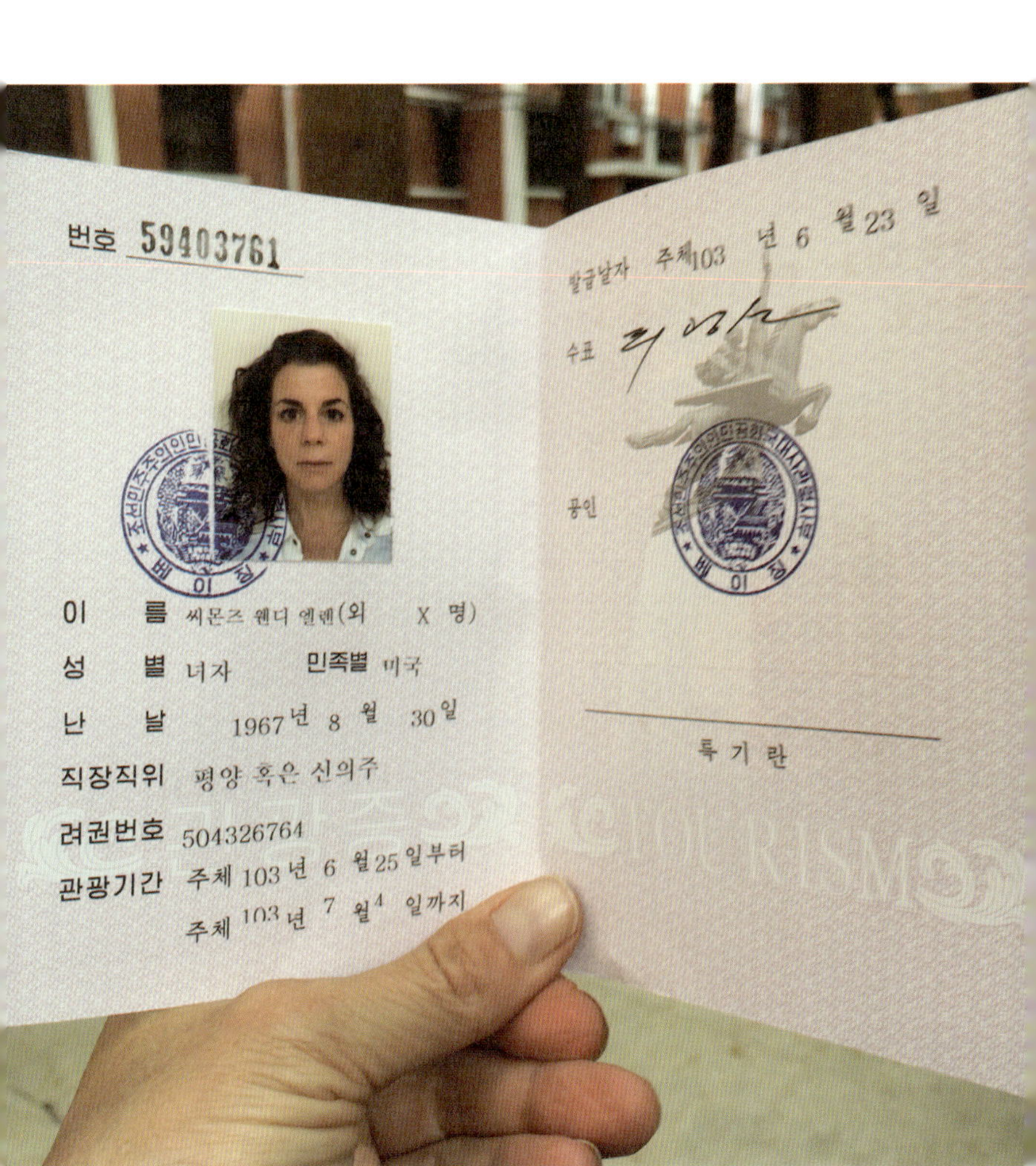
번호 59403761

이 름 씨몬즈 웬디 엘렌(외 X 명)
성 별 녀자 민족별 미국
난 날 1967년 8 월 30일
직장직위 평양 혹은 신의주
려권번호 504326764
관광기간 주체 103 년 6 월 25 일부터
주체 103 년 7 월 4 일까지

발급날자 주체103 년 6 월 23 일
수표
공인

특기란

ないという合図のようだったが、そう言われても荷物はまだ検査機の中にある。私は検査機を指さし、丁重に「バッグは？」と尋ねた。押収されていなければいいけれど。間違って検査機の中の秘密のポケットにでも入り込んでしまったのだろうか。すると、こちらの言うことを理解した警備員がほかの警備員に向かって叫びだし、今度はそちらから叫び声が上がった。別の警備員は私のバッグを検査機から取り出そうと格闘している。混乱のきわみに陥った状況を落ち着かせようと、私はにこやかに笑って冗談ぽく言った。「心配しないで！　よくあることよ！」とはいえ、私の言うことなんて誰も聞いていなかった。

それから数分後、バッグとの再会を果たしてセキュリティチェックを出ると、北朝鮮の女性ガイドが二人、いかにも嬉しげな笑みを浮かべて私を待っていた。彼女たちは私が一〇日後にこの空港に戻ってくるまで、ほぼ四六時中私について回ることになる。

ベテランらしき年配のガイド（以下、ベテランさん）が進み出てきて自己紹介した。やけにお上品ぶった物腰で、何十年も前にはやった服を着ている。『スタートレック』っぽくもあるし、一九六〇年代のスチュワーデスの制服みたいでもあった。ぜんぜんスタイリッシュじゃないし、色合いもひどいものだけれど。TVドラマにキャスティングするとしたら、始終、身なりに気をつかっているのに、ちっともそうは見えない隣の奥さん役といったところだろう。

続いてベテランさんは部下を紹介した。ベテランさんが言うには、彼女は「新人」で、この仕事についてまだ日が浅いらしい。新人さんは若くてシャイで、シャギーの入ったパンクな髪型と優しげな雰囲気の持ち主だった。私は彼女を大好きになるだろうと確信した。

新人さんと挨拶を交わしているあいだ、ベテランさんは無遠慮に私を睨め回していた。「アメリカ人帝国主義者」（この旅中ずっと、私はそう呼ばれることになる）を品定めしているらしい。それから、ほとんど不審者に対するような口調でひと息に聞いてきた。

朝鮮に来たのは初めて？　韓国には行ったことある？　日本は？　朝鮮語は話せる？

私　はい。はい。はい。いいえ。

北朝鮮人のアメリカ人嫌いはとことん本物だ。彼らは生まれたときから、合衆国こそ最大の敵だと叩き込まれる。アメリカ人は躍起になって北朝鮮を占領しようとしている帝国主義者のブタであって、いつ攻撃してくるか知れたものではない、と。党は北朝鮮人民に対する絶対権力を維持するために、このレトリックを振りかざしている。敵がやってきて人民に保護の必要が生じたときは、党がその役目を果たすというわけだ。

空港を出たところで運転手に引き合わされた。髪をツンツンと立てた運転手は、自動車の脇に立って煙草をふかしていた。中途半端に歯を見せて笑い、何本か並んだ金歯を光らせると、私のバッグをつかんでトランクに積み込んだ。

ベテランさんは、後部座席に新人さんと並んで座るように私に指示し、自分は助手席に悠々と落ち着いた。

「北朝鮮は最高！　アメリカは最低！」という私向けの洗脳教育がただちに開始された。車のドアが閉まるやいなや、ベテランさんは「私たちの偉大なる指導者」と「アメリカ人帝国主義者」という単語を早くも口にした。

空港から最初の観光地である凱旋門まで車で向かう途中、ベテランさんはこちらを振り向くと満面の笑みを貼りつけて言った。「今日が何の日か知っていますか？」

私　うーん、水曜日？

（間違ってはいない）

ベテランさん　六月二五日、米帝が私たちの国に侵略した日です。

（これは間違い）

一九五〇年六月二五日に起きたのは、ベテランさんが言ったのとは真逆のこと。北朝鮮による韓国侵攻だ。

このような状況で求められる作法がわからず、会話が打ち止めになることを願いながら、いたたまれない気分を抱えて私は黙り込んだ。ベテランさんはまた同じ質問をしてきた。たぶん、さっきは聞き逃したのだと考えたんだろう。私は同じ答えを返した。

私の答えに満足しなかったベテランさんは、変わらぬ笑みを浮かべて言った。「あなたの国が私たちの国を侵略した日ですよ」

私　へえ。となると、私が今日到着したというのも、何かの巡り合わせね。

私は新人さんをちらりと見て、顔で訴えた。「私、早くも何かやらかしちゃったのかしら？」すると、さすがは未来の親友だ、新人さんはクスクス笑いで返してきた。「気にしないで！」とでも言うように。

ベテランさんに視線を戻すと、笑みはもう消えていた。ベテランさんがワンツーパンチをはなつように新人さんと運転手に何かを告げると、運転手は車を路肩に止め、ベテランさんと新人さんが席を交替した。

ベテランさんは私を見て言った。「これで、もっと見張っていられますからね」

北朝鮮へようこそ。

第四十二条。一マイル以上の身長を有する者はすべて法廷を去ること。(『ふしぎの国のアリス』)

1925
1945

第二章　知れば知るほどヘンな国

ふしぎの国のアリスみたいに、私はウサギ穴に落っこちてしまった。そこは奇妙で意味不明な出来事が次から次へと起こる世界。ウソがいたるところにあり、「ふつう」のほうがむしろ超現実的で、支配者のお気に入りのセリフは「あやつの首をちょん切れ！」。

その世界では、無知であることは命取りになる。「知らぬが仏」というわけにはいかない。常識的な論理が通じるなどという考えはさっさと手放さなければならない。あのナンセンスな「ジャバウォックのうた」（『鏡の国のアリス』に登場する詩）が意味を持ってしまうような世界なのだから。

しかも、私が探検にやってきたのはふしぎの国ではなく北朝鮮。物知りのチェシャ猫を道連れにしていたわけでもない。そこで、私は読者と旅行者のために以下のささやかなガイドを書いた。これを読んでもらえれば、私が経験した「狂気への旅」も、特殊なケースだったわけではないことがわかるだろう。

1　この国ではあなたはアメリカ人帝国主義者であり、北朝鮮人は面と向かってそう呼んでくる。そして彼らはこう言う。「あなたの国も指導者も嫌いだ……でも、あなたは違う」さらに、北朝鮮が抱えている問題はすべてアメリカのせいだとも。これをあなた個人への攻撃として受け取らないこと。彼らは根っからそう信じているだけなのだ。

2 北朝鮮人はみな、自分たちの国を「朝鮮」ないしは「朝鮮民主主義人民共和国(DPRK)」と呼び、北朝鮮人のことを「朝鮮人」と呼ぶ。北朝鮮人からすれば、北朝鮮と韓国はいまだひとつの国、ひとつの国民であって、アメリカ人帝国主義者による韓国占領がなければ、再統一はすぐにも実現することだから。北朝鮮を「北朝鮮」と呼んだり、北朝鮮人を「朝鮮人」以外の呼称で呼んだりすれば、自分がアメリカ人帝国主義者であると強調してしまうことになる。祖国再統一の機会を潰している元凶だとみなされかねない。

3 この国を訪れた人は、三人の金(キム)がノコを統治しているということを早々に悟ることになる。指導者は一人ではない。つまり、金日成(故人)と息子の金正日(こちらも故人)、そして孫である金正恩(新人の太っちょ)だ。それに「指導者」と口にするときは、その前に必ず「親愛なる」「偉大なる」あるいは(それに加えて)「最高」という修飾語をつけなければならないことも学ぶだろう。実際のところ、朝鮮人はこれらの三つの言葉は「指導者」という単語の一部だと信じているんじゃないだろうか。ハイフンでつながった造語のようなイメージで。そういうわけだから、ただ「指導者」と言っても、誰のことを話しているのかわかってもらえない。

4　新人の太っちょ指導者が何歳なのか、あるいは何年生まれなのかを尋ねてはならない。それは不敬とみなされる。

私　現在の偉大にして親愛なる指導者様がお生まれになったのは何年なの？

ベテランさん　本当の話、その質問は不敬とみなされます（引きつった笑み。この表情が会話の打ち切りを示すサインだということもすぐに学んだ）。

5　ついでに言っておけば、新人の太っちょについては何を聞いてもいけないし、話題にしてもいけない。誰もが彼の存在に気がついていないか、気がついていても無視しているように見える。一日の時間は限られている（退屈すぎて二〇〇〇時間あるように思えたとしても）。だったら、二人の偉大な故人に話を絞ったほうが得策というものだ。

6　朝鮮人は、彼らの敬愛する偉大なる二人の亡き指導者を愛している……とても愛してる。その愛情の深さたるや、愛犬に対する私の思いの深さに匹敵するだろう。世界広しといえども、あんなにかわいくて愛くるしくて気のいい犬たちはいなかった（偶然にも、その犬たちも今はもういない。草葉の陰で走り回っていることだろう）。敬愛する指導者二人の鮮やかな壁画（くすんだテクニカラー風の色彩で描かれた書き割り）の数々は、うんざりするほど単調で陰気な、くたびれはてた北朝鮮の地では異彩をはなつ存在だ。絵の中の指導者たちは軍隊を指揮したり、映画の撮影を指導したり、マスゲームに臨場したりしていて、活火山の火口に立っている絵まである。指導者たちの巨像もいたるところで訪問者を待ち構えている。偉大なる指導者が一人で、あるいは並んで馬にまたがっていたり、農夫の恰好をしていたり、ただすっくと立って町々を見下ろしていたり。これはキム信仰とでも呼ぶべきもので、人民には熱烈にして絶対的な、混じりっけのない愛と忠誠が求められている（で、実際にそうなっている）。さもなければ、厳罰に処されることになるだろう。図書館だろうと森の中だろうと、こうしたキム（たち）

の巨像に出くわせば、何はさておき像の前でうやうやしくお辞儀をしなければならない（手は身体の横にぴたりとつけ、サングラスを外し、お辞儀を終えるまでは写真撮影も会話も禁止）。そしてガイドの合図を待って、やっと偶像礼拝の時間は終了する。

7　朝鮮人は、敬愛する初代指導者が死してなお、錦繡山（クムスサン）の太陽宮殿のガラス張りの霊廟から国を動かしている（文字どおり指示を出している）と信じている。実際、北朝鮮の人々は金日成のことを「永遠なる首領」と呼んでいるが、彼は万能の天才でスゴい人というだけではない。朝鮮人が誇らしげに語るには、金日成は彼らの太陽であり（金日成だけに）、彼らの父でもある（ダダイズムならぬパパイズム）。笑ってはいけない。これは一〇〇パーセント本当のこと。朝鮮人は金日成に絶対の忠誠を誓っている。

8　この国の偉大な指導者たちは死んでからも国中を駆け回っているし、神様業をやったり太陽業をやったりしているが、それにも飽き足らず、文字どおり八面六臂の活躍を見せている。たとえばここに不死ではない凡人が困りはてているとしよう。そんなときは敬愛する偉大なる指導者（生きていようと死んでいようと）がふと現われては状況を察知して、解決策を示すことになっている。これは、公式には「現地指導」と呼ばれる。ちちんぷいぷいのぷい、といった感じだ。スーパーヒーローものの北朝鮮版みたいなもので、偉大なる指導者たちの超能力に際限はない。水力発電、人工衛星テクノロジー、机の高さからＳＰＦ値までなんでもござれ。あらゆる分野について、彼らはこともなげに専門的な助言を授けてくれる。病院からダム（朝鮮人は閘門（こうもん）と呼ぶ）まで、どこへ行っても、偉大なる指導者の現地指導の様子が書かれているのを目にするだろう。たいていは記念色紙（額装された紙に赤文字）か記念碑（コンクリート壁や岩石に赤で刻字）のたぐいに書かれていて、ツアーのガイドや現地ガイドがその土地で授けられた最高天才の天才的アドバイスを語りなおしているあいだ、あなたは立ち尽くしてその言葉をじっと眺めることになる。そんな最高の天才がいるのに、なぜこの国ではトイレットペーパーも水も電力も食

品も慢性的に不足しているのか、などと突っ込んで考えないこと。これまた不敬な質問なのだから。

9

像にせよ壁画にせよ、記念碑にせよ記念色紙にせよ、あるいは看板、標識、ポスター、絵画、写真でもなんでも、プロパガンダはいたるところにある。街角から学校まで、公園から切手まで、どこにでも。プロパガンダは学校で教え込まれ、家庭で実践され、ラジオで流され、昼も夜もスピーカーから爆音で鳴り響く。本もアートも映画も音楽も娯楽も、政府によって認可されたものだけが存在する。報道の自由もなければインターネットもないし、外国の

ニュースも入ってこない。いや、外国の何もこの国には入ってこない。この国で存在を許されるのは、偉大なる指導者への敬愛を表明するもの（具体的には、偉大なる指導者がいかに偉大で聡明であるか、偉大なる指導者がその偉大さと聡明さにおいていかに偉大で聡明であるか、偉大なる指導者が現地指導を授けるにあたっていかに偉大で聡明であるかを示すもの）か、朝鮮軍がいかに強力で強大であるかを（とりわけ米帝を叩きのめすことにおいて）讃えるものか、あるいは合衆国と韓国がいかに唾棄すべき卑劣な存在であるかを（一般論として）伝えるものか、北朝鮮での生活がいかに喜びにあふれたすばらしいものであるかを示すものに限られる。基本的にプロパガンダ以外の表現活動が存在する余地はまったくないし、この国を訪れたからには、帰国の途につくその瞬間まで、いやでもそうしたプロパガンダを摂取させられるこ

とになる。

10　朝鮮はイエス・キリストではなく金日成の誕生日を基準にした暦を採用している。偉大にして親愛なる指導者の生まれた一九一二年が紀元一年で、二〇一四年は一〇三年、二〇一五年は一〇四年ということになる。北朝鮮では、金日成の誕生日とその人生における重要な日はあらゆる種類のことがらと関係づけられている。たとえば道路の長さ、建物の階数、詩の行数、エレベーターの定員などなど。ツアーのガイドや現地ガイドからこんな話を聞かされることも多いはずだ。「この岩石には三行の詩が書かれていますが、それぞれの行は四八文字で構成されています。というのもわれらの父、われらの太陽は、その数字の日に生まれたからです」（三、四、八を合計すれば、金日成主席の誕生日である四月「一五日」になる）。また彼らは行く先々で、偉大なる指導者はここに何年と何年と何年に何回訪れていますといったようなことも口にするだろう。偉大なる指導者が訪問した場所の数に彼の誕生日を加え、その訪問年をかければ、円周率だって算出できるかもしれない。

11　ガイドを怒らせたければ、大きなタブーとなっている柳京（リュギョン）ホテルのことを尋ねてみよう。平壌のスカイラインの象徴であるこの天突くピラミッドは一九八〇年代からずっと工事中で、いまだに完成していない。このことがとりわけ興味深いのは、北朝鮮のほかの建造物の場合はその規模や複雑さにもかかわらず、あっという間に建てられたとガイドたちが説明するからだ。

一日目
場面　北朝鮮のどこかに到着した直後。ウェンディはまだ礼儀正しい。
ベテランさん　本当の話、この建物は六〇万平方メートルありますが、建てるのには三週間しかかかっていません。
私　へえ、それはすごいわね。

六日目
場面　北朝鮮のどこかに到着した直後。ウェンディはもうそれほど礼儀正しくはない。
ベテランさん　この建物は八〇万平方メートルあって、ひと月で建てられました。
私　（心の声）はー、そんなことまずあり得ないんじゃないかな。三〇階もあるこの巨大なビルをたった三〇日で建てる方法なんてあるわけないでしょ。重機もなければ電気もない。水道水だってありゃしないんだから。そうは言っても、ここは奴隷の国なんだし、あなたの敬愛する偉大なる指導者がひとことこう言ったというのも考えられなくはないけれど。「諸君、健常なる三〇万人の諸君はこれから三〇日間、このビルを建てることに鋭意専心してもらいたい。どれほどの人命が失われようとも、それは吾輩の与り知るところではない」(きっと最後の部分はささやくように言ったに違いない)

というわけだから、ガイドの言うことは本当かもしれないし、そうではないかもしれない。これは北朝鮮で見聞きするあらゆることについて回る本源的な問題であって、おかげでこちらは少しずつ気がヘンになっていく。

私 (声に出して)えー、あー、それはずいぶんと早いわね。

ベテランさん そうなんですよ。

私 それじゃあひとつお聞きしたいんだけど……あのピラミッドホテルはどうなっているの? つまり、どうして三〇年やそこらもずっと工事中なのかなと思って。どうして完成しないのかしら? 何か問題があるの? あのホテルって中はまだ

空っぽなのよね！　中に入ったことはある？　あなたはガイドさんなんだし……建ててる側の人間だって、きっとあなたに見てもらいたがっているはずだわ。工事はいつ終わる予定なの？　なぜガイドさんにも情報が来ないの？　そこのところがわからなくて。映画スタジオをまるまるひとつ一週間で建てられるのなら、ホテルひとつを完成させるのだって簡単なことじゃない？

ベテランさん　（周囲をさっと見渡して、大げさに腕を振って）未来のことなんて誰にわかるでしょうか？

私　あら、偉大にして親愛なる指導者様ならわかるんじゃないの？

ベテランさん　（すっごく引きつった笑み）

12

一人で自由にぶらぶらできるのは、滞在先のホテルにいるときだけ。それ以外はいつでもガイドが一緒だし、だいたいそれに運転手もくっついてくる。そしてどこに行っても、ガイドと運転手に現地ガイドが加わることになる。現地ガイドは一人のこともあるし、数人のことも、大勢のこともある。

だから、一日に八や一〇も予定が入っていると（私は一人用のプライベートツアーで北朝鮮を回っていた。団体ツアーやパックツアーだと事情は違うかもしれない）、入れ代わり立ち代わりやってくる一団に盛りに盛った話を聞かされて息が詰まってしまう。好んで独り身でいる人間としては、今回の旅でこれがなによりきつかった。夜になって自分の部屋に戻るのが待ち遠しかった。一方的な言葉の集中砲火から解放されて、やっとひと息つけるのだから。

13　平壌では、撮りたいと思う写真はたいてい撮ることができる。平壌は朝鮮労働党の輝かしい威光を示すためのショーケースだからだ。とはいえ、党とガイドは公式のツアールートからそれるような行動は全力で阻止しようとしてくるし、ほとんどあらゆるものは演出されたものでしかない。次に挙げるものについては撮影が厳しく禁じられている。

a　軍人、軍属
b　女性交通整理員
c　店舗
d　店舗の空っぽの棚
e　何かの列に並んでいる人々
f　あふれかえったゴミ
g　プロパガンダツアーとは関係のない一般人（許諾を得ればＯＫ）
h　やらせではないあらゆる物事（つまり、台本なし、予定なしでプロパガンダツアー中に偶然生じるあらゆる物事）
i　旅行者が「これはいい写真になりそうだ」と考えるだろうとガイドが考えるあらゆる物事
j　高麗ホテルの宴会場で夕食を頬張っている私

逆に平壌の外では、なんであれガイドや現地ガイドの事前承認なしに撮影することは許されない。この国では平壌以外の場所は文明化されていないし、第三世界的に汚いから。この制約をかいくぐる方法を考えていると、がぜん楽しくなってくる。

14　北朝鮮の人は誰でもいつでもあらゆることに対してウソをつく。こちらが「何」について聞こうが、「誰」について聞こうが、あるいは「なぜ」と聞こうが同じこと。事の大小も関係ない。あからさまにウソをついていないときでも、わざと曖昧に話したり、のらりくらりとかわしたりする。彼らがあなたの質問や発言に本気で反発を感じたときは、あなたが何も話していないかのように振る舞うか、聞こえないふりをするだろう。

場面　ベテランさん、新人さん、ウェンディは高麗ホテルの車寄せに立ち、運転手が車でやってくるのを待っている。雨が降っている。

私　残念。雨だわ。

ベテランさん　たいへん運がいいわ。いい日和ですよ。

私　だって雨よ。

ベテランさん　いいえ。

私　降ってるじゃない、ほら。

ベテランさん　（引きつった笑み）

15　北朝鮮では、どこへ行っても同じものがある。人々が着ているのは私服制服を問わず、おしなべて一九五〇年代風の服だ。現地ガイドはみんな同じヘアスタイルで、同じように声を殺してせかせか話す。どの建物も基本となる装飾は一緒。同じ大理石に同じ壁装材、同じ椅子に同じテーブルクロス、同じ自転車に同じ制服、そして死せる偉大なる指導者が微笑む同じ肖像画、同じお皿に同じビール。

16　現金としては、小額紙幣（ユーロでも人民元でも米ドルでもいい）だけ持っていけばいい。北朝鮮には釣り銭がないからだ。小額というのは「できるかぎり小額」ということ。釣り銭がないというのは「お釣りが返ってこない」ということ。それでも、小額紙幣で支払ったとき、お釣りの代わりに水のボトルを差し出されたことが一度ならずある。

17　私のような個人旅行でも、大半の人が参加するパックの団体旅行でも、北朝鮮ではやることなすことすべてが、朝鮮国際旅行社（ＫＩＴＣ）によってほぼ完璧にスケジューリングされている。この会社は旅行者の毎時間の旅程をすみずみまで念入りに計画し、準備しているが、その厳格さときたらまさに軍隊。北朝鮮こそは地球上で最高の場所だと旅行者に信じ込ませるために、あらゆる物事がしかるべき位置に配置され、すべての登場人物が台本に書き込まれる。この会社は究極のイベントプランナーなのだ。祖国解放戦争勝利記念館の見学ツアーも児童養護施設への訪問も、ＫＩＴＣがすべてを手配する。けれどもこの地球上に住んでいる限り、トラブルはいつだって起こり得る。そんなときは「協議」が開かれることになる。「協議」がどれほどの長さ、激しさになるかは、もっぱらその変則的事態の性質にかかっている。たとえばある場所に到着したとき、現地ガイドがこちらを出迎えようともせずに座ったままだったとしよう。この程度のトラブルなら、うなり声のひとつやふたつも上げれば十分だ。現地ガイドは椅子が突然発火でもしたかのように飛び上がるだろう。ところが朝食時に、ウェンディが信川（シンチョン）の町に行くのも信川博物館を見学するのもいやだ、と言ったとする。こうなると、コードレッド！　キョーギ！　の始まりだ。ちなみに北朝鮮の道路には車が走っておらず、したがって渋滞も起こり得ないので、時間設定さえＫＩＴＣの意のまま。午前七時五五分だとか、午後一時三五分だとか、午後六時五五分といった中途半端な時刻に予定が設定されるのもそのためだ。

18

行列や混雑を気にする必要はない。混み合っている場所なんてどこにもない。なぜなら人がいないから。まあ、たしかに人がいることはある。けれども、人が一人きりでいることも二人でいることもないし、友人同士の少人数のグループがただなんとなく連れ立っておしゃべりしていたり、観光していたりすることもない。フラッシュモブ、これぞ北朝鮮スタイルだ。たとえば万景台遊園地（北朝鮮最大のがっかりスポットのひとつ）にやってきたとする。そこには誰もいない。ところが到着して数分と経たないうちに、巨大な人の群れ（たいてい何百人単位の規模になる）が忽然と出現し、決まって一列五、六人からなる、どこまでも続きそうな隊列を組んで行進を始める。そしてもちろん、誰も彼も同じように見える。みな何十年も前のファッションとヘアスタイルでばっちり決めているからだ。大勢（ときにはほとんど）の人が、軍服かなんらかの制服を着ている。このイベントが起こっている最中にそれを指摘しても、ガイドたちはイベントなどではない（自然に人が集まっている）と否定するだろう。そんなときは、彼らの否定を否定し、質問をたっぷりと浴びせ続けよう。

19　ガイドたちは非常にきめ細かく、徹底的にあなたの世話を焼く。それが彼らの仕事だから。彼ら

北朝鮮の人々は、こんなふうに列になって歩く

あるいはこんなふうに

の使命は、この国での滞在を完璧なものに仕立て上げ、あなたが出国するまでに、偉大なる指導者への愛と北朝鮮への愛をあなたの胸に刻み込むこと。彼らはあなたを洗脳するために雇われている（場合によっては無償で）。そのため、彼らと意思の疎通を図るのはややこしく、骨の折れる作業になる。同じ感覚を持つ人間として、彼らに深く同情したり共感したりすることもあるだろうし、同時に、なんとしてもあなたに気に入られようとする彼らの図々しい態度に苛立ったりうんざりすることもあるだろう。あなたの選択肢はふたつある。彼らの感情や行動原理、生活や将来、精神状態その他を考慮しすぎずにただ滞在を楽しむか、頭がおかしくなるまで考え込んで罪悪感にさいなまれるか。私は後者を選んでしまったけれど、だんぜん前者をお勧めする。

20　最後に、ノコではどこに行っても照明が暗い（たとえ明かりがついていたとしても）。なので、どこに行くときも懐中電灯代わりに携帯電話を持ち歩こう。

「ほんとにひどいわ」とアリスはひとりごとをつぶやきました。「動物たちの議論のしかたったら！　聞いているとと気ちがいになってしまうわ！」（『ふしぎの国のアリス』）

第三章　高麗ホテル

私はただ一人、高麗ホテルのだだっぴろい宴会場で、誰かが夕食を運んできてくれるのを待っていた。部屋の中央右寄りにある一八番テーブルに座るように案内されたものの、とくに深い意味はなさそうだった。見たことがないほど成金趣味（ファンシー・タッキー）な空間。しかし、これこそが北朝鮮スタイルだということを、おいおい私は知ることになる。

宴会場の内装はゴテゴテしているというレベルではなかった。ゾッとするような蛍光灯の照明（ヘンテコな色の電飾のせいでますます悪趣味に見える。クリスマス風なのに、楽しげな感じがまるでない）の下では、一九七〇年代風のカラーコーディネートが不協和音を奏でている。ツナみたいなピンク色のテーブルクロス、レモンイエローのランチョンマット、ライムグリーンのナプキンという組み合わせで、どれも薄汚い。一九五〇年代の遺物のようなスピーカーからは、過剰にドラマティックで、好戦的で、共産党賛歌的な音楽が大音量で流れていた。続く北朝鮮での日々の中で、私は次の二点を理解するようになった。（一）北朝鮮にあるものの大半は一九五〇年代の遺物に見える。（二）この音楽は四六時中スピーカーから流れている。

ウェイターがやってきて、どういう経緯だったかは忘れたが、私たちの二人ともスペイン語を話せることが判明し、以後はスペイン語オンリー（ハブラモス・エン・エスパニョール・ソロ）の会話になった。彼のアクセントのひどさをどう表現すべきか……ただ「ひどい」としか言いようがないほど、とにかくへたくそなスペイン語だ。そんな彼がせっせと運んできたのは、言葉では説明しがたく、食用にもしがたい料理が山盛りになった小皿の数々だった(これは本人のせいではないけれど)。ベジタリアンの私から言わせてもらえれば、八品もの野菜料理を全部台無しにするなんて、シェフには特別な才能があるに違いない。すっかり食欲を失った私は「特大ビアジョッキ」を持ち帰って部屋で飲んでもいいかと尋ねた（ランチでもディナーでも、特大ジョッキに入った無料のビールが一杯、自動的に出てくる。ただし水については注文が必要だし、おまけに有料だ）。「はい（シー）」ウェイターは思いやりに満ちた、心からの笑顔で答えてくれた。のちに、このスペイン語を話すウェイターは、私にとって新人さんに続く北朝鮮での第二の親友になる。

高麗ホテルで過ごすひとときは、ウェス・アンダーソンの映画を不気味にしたような世界だった。主演は私。ダイニングルームと同様、ホテルのほかの部分も古くさい内装で飾り立てられていた。全盛期には、派手で安っぽいなりに華やかだったのかもしれないが、今日では古びて色あせ、時代遅れになっている。もう少し清潔で、もう少し遊び心があれば「キッチュ」とでも言えたかもしれないけれど、ホテル全体を包み込むメランコリックな雰囲気と絶望感のせいで、その線は消えていた。

　私は高麗ホテルに五泊した。うち二日は連泊で、全泊同じ「2-10-28号室」に滞在した。たとえば火曜日の朝に部屋を出たとしよう。そのとき、トイレットペーパーは四カット分しか残っておらず、トイレの電球のひとつは切れており、石けんはペラペラになっていて、中身が半分残ったままの特大ビアジョッキがベッド脇の不格好な電気スタンド兼AM／FMラジオ兼目覚まし時計の上に置きっぱなしになっている。二日後に戻ってきたとき、部屋の状態は私が出たときからほぼ何ひとつ変わっていない。ただ、トイレの電球がもうひとつ切れているだけだ。最終日には、トイレの照明はまったくつかなくなっていた。電球が全部切れてしまったから。

　私はベテランさんに、なぜ毎回同じ部屋に泊まらされるのかと聞いてみた（ガイドたちは平壌に自宅があるにもかかわらず、私と一緒にホテルに

泊まっていた）。さらに、なぜ部屋の掃除をしてもらえないのかとも尋ねた。ベテランさんはこう答えた。「二五ドルでスーツケースを預けることができますよ」これぞ、この国の典型的な答え方だ。私が何か聞くたび、こんなふうに意味不明で、ピントがズレていて、突拍子もない、ときに煙に巻くような答えが返ってくる。例外は、この国の人々があからさまなウソをつくときだけだ。

北朝鮮全体で電力が不足していることはよく知られているし、詳細なリポートもある。それでもなお、実際に経験してみて初めてわかることがある。ホテルのエレベーターを降りて真っ暗な廊下に足を踏み出すのは、心底不気味で、そのくせ奇妙に愉快な体験だ。気づいたときには手遅れで、背後でエレベーターの扉が閉まると引き返す手立てはない。あまりに暗くて、目はなかなか慣れず、いくら探ってもエレベーターのボタンが見つからない。絶望的なまでに漆黒の闇の中に取り残される。

初めてのときは心の準備ができていなかったので、ただ暗闇に立ち尽くし、あまりにも北朝鮮的なこの状況に対して笑うしかなかった。私はカバンの中をまさぐって、懐中電灯――つまり携帯電話を探した。こんなときでもなければ、この国ではほとんど役に立たない代物だ。唯一の例外はＷｉ－Ｆｉなしでも使える「カプランＧＲＥ対策ボキャブラリー集」のアプリだった（この旅行中、私は新しい単語を一六九個も覚えた）。いちいちあげつらうのも酷だという気はするけれど、電子キーで開ける部屋のドアもなぜか一発では開かなかった。それからも、私はしょっちゅう真っ暗な廊下で携帯電話を首の下に挟み込んでは、あらゆる角度からドアにキーを突っ込みなおす羽目に陥った。そうこうするうちに、魔法のようにドアが開くのだ……まぁ、文句を言うのはやめにしておこう。

高麗ホテルのロビーにある土産物店は、「ダサい衣類も売っている食料雑貨店」以上の何物でもなかったが、少なくとも私にとっての必需品であるミルクチョコレートと水のペットボトルはここで手に入った。なぜか冷凍された巨大な魚の切り身も売っていて、冗談でレジに持っていってみようと考えたことも一度ならずあったのだけど、私はすでに数々の不品行で祖国アメリカに迷惑をかけていたので、ここは自粛することにした。

ある日、平壌市内を車で回っているとき、私は川の中州に建っているモダンなビルに気づいた。そのビルには珍しく人が住んでいるように見えた（私が学んだ経験則。オンボロのビル＝実際に北朝鮮の人々が住んでいるリアルな建物、新しくモダンな建物＝ノコをノーマルに見せかけるために建てられたフェイクの建物）。

「あの建物は？」私は無邪気に尋ねた。

「ホテルですよ」ベテランさんがぴしゃりと答えた。

生け贄の子羊を祭壇に追いやる司祭のように、私はすばやくたたみかけた。「うちのホテルと比べて、どんな感じかしら？」

「あなたが泊まっているのはいいホテルですよ」ベテランさんは一喝し、会話の終了を意味するひきつった笑みを浮かべた。

北朝鮮に着いて二日目のある時点で、私は街を行き交うあらゆる人が、偉大なる指導者たちの肖像が入ったバッジをひとつかそれ以上身に着けていることに気づいた。最初は、ガイドや運転手といった観光客に接する人々だけの習慣かと思っていたのだが、そうではなかった。子供を除く北朝鮮の全国民がそうしていたのだ。ちなみに北朝鮮では、一七歳になるまで国民とは認められない（国民でないのなら、生まれてから一七歳になるまで自分は何だと思っていたのかとベテランさんに尋ねたところ、彼女はこう答えた。「子供ですよ」そりゃそうでしょうとも）。

亡き指導者たちの姿を常にバッジで身に着けるよう、国民に強要する法律があるということに私は興奮した（亡き指導者たちが草葉の陰で今も国を支配していると国民が本気で信じているにしても）。私はベテランさんに矢継ぎ早に質問を浴びせた。バッジを着けようとしなかったり、あるいは着けることができなかったりした場合はどうなるの？　この件について長々とした無意味なやりとりが交わされた末、最終ラウンドは次のように進行した。

私　じゃあ、こんなときはどうなるの？　あなたの家が火事になって、なんとか外に逃げ出したときに、バッジを着けるのを忘れていたら？

ベテランさん　（わざとらしいバカっぽさで）そんな日はありませんでした。

彼女の勝ちだ。

ある夕方、私がホテルの観光客専用のエレベーターに乗ろうとすると、行く手を守衛に邪魔された。その守衛は毎日そこにいたし、私はすでに三泊していて何度となくエレベーターを使っていたばかりでなく、見た目からして明らかに観光客なのだから（その週、ほかにも二五人ほどの観光客が泊まっていたことはさておき）、私がちゃんとした客であることを彼が知らなかったわけはない。ただ、嫌がらせをしていただけだ。ともあれ、私は身分証代わりに部屋の鍵を見せた。

それでも守衛はその場をどこうとせず、ただ腕を組んで突っ立っていた。おふざけに付き合う気分にはなれなかったので、思わず彼に「なめてんの？」という表情を向けるつもりが、うっかり声に出して「なめてんの？」と言ってしまった。おっと。私は急いでこう付け加えた。「お願い。おしっこしたいのよ」無言のまま、守衛は脇によけて、手を振ってエレベーターに通してくれた。

今度は、私の勝ちというわけだ。

한 공예이다.
김정일

녀학생들에게 수놓는
법을 많이 배워주는것이
좋겠습니다.
김일성

「いや、だめだ！ 冒険のほうが先だ」とじれったそうにグリフォンが言いました。「説明というやつは、おそろしくひまがかかるもの」（『ふしぎの国のアリス』）

第四章　ジェームズ・フランコに殺されていたかもしれない

私はホテルの洗面所に立って歯を磨いている。一九七〇年代のドラッグ映画やヒッピー映画に出てくるモーテルのトイレといえば、たいていこんな感じだった。ただ、今いるトイレのほうがずっと薄暗いけれども。

それは、北朝鮮で迎える初めての朝のことだった。私は午前七時五〇分きっかりに、階下のロビーでガイドたちと落ち合うように申し渡されていた。目覚まし時計は七時にセットしていたが、その必要はなかったことが判明した。というのも、ノコでは毎朝七時頃になると、愛国的雑音楽曲とでも言うべき異様な音楽が大音量で市中に流れるのだ。きっと、職場へ向かう労働者たちを景気づけるためだろう。その音楽についてベテランさんに尋ねたところ、なんの話かわからないという答えが返ってきた。

高麗ホテルには、世界のニュースチャンネルが映るケーブルテレビが備えられていた。どこの国に旅するときでも有り難い存在だけど、ここ北朝鮮ではなおさらだ。別室にあるテレビの音はかすかに聞こえてくる程度だったが、どうやらBBCのキャスターはこう言っているようだった。北朝鮮がアメリカに対して戦争をほのめかしている。その原因は、近日公開が予定されているソニー・ピクチャーズの『ザ・インタビュー』という映画。CIAのスパイ二人が金正恩の暗殺を企てるというストーリーで、主演はジェームズ・フランコとセス・ローゲンだという。

ふーん……なんですって⁉

私はすぐさまテレビのある部屋に駆け込んで、事態を把握しようとつとめた。こいつは最高！なんて愉快なんだろう。私が北朝鮮に着いて二四時間もたたないうちに、この国の最高指導者はジェームズ・フランコの映画に腹を立て、アメリカに対して「無慈悲な報復」を宣言したのだ！

私はベッドにドスンと腰を下ろし、ニュースが一巡してこの話題に戻ってくるのを待った。ふたたびこの話になったとき、今度は問題の映画のワンシーンも映っていた。この予告編を見て、北朝鮮はアメリカに戦争をふっかけようとするくらい切れたというわけだ。皮肉な状況であることは間違いない。少なくとも北朝鮮に滞在するアメリカ人である私自身は、このシチュエーションを大いにおもしろがっていた。アメリカにいる母が朝のニュースを見て、恐怖のあまり腰を抜かすとも思えなかった。

この隠者王国が、アメリカ人帝国主義者にホテルのテレビでかくも剣呑なニュースを見ることを許可しているという事実には戸惑いを覚えた。ふむ、思っていたほどひどい国じゃないのかも――私はそう独りごちた。もっとも、その考えは長続きしなかった。一瞬ののち、テレビの画面が真っ暗になったから。この国のどこかで、テレビ検閲官の一人が「失職した」ことを私は悟った。

後日談

ジェームズ・フランコ＆セス・ローゲンの映画と、北朝鮮の報復宣言に関するニュースを私が初めて耳にしたのは、北朝鮮に旅行中の二〇一四年六月二六日の朝のことだった。同年の一一月二四日、ニタニタ笑う骸骨の画像がソニー職員のパソコン画面に現れた。一説には「すでに警告はしたはずだ」というメッセージも表示されていたという。これを皮切りに、ソニーは平和の守護者（ガーディアンズ・オブ・ピース）（GOP）を自称する集団から、史上最悪のハッキング攻撃を受けることになる。ソニーのシステムが壊滅的な打撃を受けている傍ら、世間では次のような噂が出回っていた。この攻撃は、来たる『ザ・インタビュー』の公開に対する報復だというのだ。

確たる証拠は何もないのに、六月二六日の声明において、北朝鮮は映画の公開を「戦争行為」だと断じ、上映を黙認するなら「アメリカに対して無慈悲な報復措置をとる」と宣言していた。その一言一句を私は平壌のホテルの部屋で聞いている。いかれた話だ！

その後、GOPはソニーが隠しておきたかった恥ずかしい機密情報の数々を盗みだして世間にばらまいた。そして、ハッキングは映画の公開に対する報復であることをあらためて宣言した。

劇場に対しても脅迫が行われたため、いくつかの映画館チェーンでは本作の公開を取りやめた。ソニーはクリスマスに予定されていた封切りを見送ることを決定し、アメリカの諜報機関はGOPの背後には北朝鮮がいるという結論に至った。むろん、北朝鮮は一切の関与を否定した（一方で、ソニーへのハッキングは「正しい行い」であると称賛した）。

それからが、てんやわんやの大騒ぎだった。

オバマ大統領は、映画の公開を取り下げることにしたソニーの判断を「失策だ」と大っぴらに非難した。アメリカ人は、たかがコメディ映画の話とはいえ、ちびっこ独裁者がアメリカ社会に圧力をかけおおせたことに憤怒した。

当初、北朝鮮はハッキング行為の「真犯人」を探す手伝いをしようと申し出ていたが、のちに映画はアメリカ合衆国の主導の下に制作されたものだと決めつけ、ホワイトハウスとペンタゴン及びアメリカ全土への攻撃を警告してきた。これを受けてオバマ大統領は「相応の報復措置をとる」と宣言した。

その後、ソニーは方針を一八〇度転換し（映画業界からの圧力か、単なるスタンドプレーか、あるいは金目当てか？）、映画の上映を希望する全劇場でクリスマスの公開を実現させた。同じタイミングで各家庭へもオンデマンド配信が行われた。オバマはソニーの英断を称賛し（国民の声が届いた！）、映画はたった四日間のダウンロード販売だけで一五〇〇万ドル以上もの稼ぎを上げた。オンライン配信された映画としては最高記録だ。

ざまあみろ、北朝鮮。

皮肉なことに、アメリカで何百万人ものユーザーが『ザ・インタビュー』をダウンロードしているあいだ、何十人かの（多く見積もっても何千人かの）北朝鮮人民はインターネットへのアクセスを断たれていた。北朝鮮のネット全体がダウンしたからだ。これをアメリカのせいにした金正恩は、腹いせにオバマ大統領を「サル」呼ばわりした。

北朝鮮のように電力不足にあえいでいる国が、これほど大規模なハッキングをどのようにやってのけたのかと訝しむ声は多い。私ならこう答えるだろう――なぜならあの国はとんでもなくクレイジーで、大勢の奴隷を抱えているから、と。

この騒動は、私が北朝鮮で最初の朝を迎えた二〇一四年六月二六日に幕を開けた。本書の執筆を開始したのは同年の一一月六日。第一稿が完成したのが一二月一八日の朝で、この話題が最もホットなタイミングだった。その後、私は飛行機でスリランカへ旅立ち、『ザ・インタビュー』は見逃してしまった。滞在していたスリランカのエッラで停電が起きたため（原因は大雨による地すべりで、邪悪な独裁者のしわざではない）、インターネットに接続できなかったのだ。アメリカ政府がノコのハッキング行為に対する制裁措置を発表したのは、私が帰国の途につこうと空港に到着した一月三日のことだった。

「いいえ、道に見えるのは、だれもいない――」とアリスは言いました。

「ふん、そんな目玉がもちたいものだ。」王さまはいらいらして申しました。「『だれもいない』のが見えるなんて！　おまけにあんな遠いところで！　このくらいの明るさじゃあ、わしの目にはほんものの人間が見えるくらいがせいぜいなのだよ！」（『鏡の国のアリス』）

第五章　リアルかもしれないコト

模擬(フェイカラン)レストラン［名詞］。テーブルと椅子と食器セットがあり、ウェイトレスがいて、料理を提供しているという点でレストランに似ているが、ほかの国のレストランとはあらゆる意味でまったく異なる。なぜなら、

1　利用者は観光客しかいない。

2　どうやらすべての店舗をＫＩＴＣが運営している。この企業の目的は観光客にノコがノーマルな国であると思わせることにある。フェイカランの場合は、平壌にも飲食店が潤沢にあり、一般市民も自由に利用できるうえ、現に利用しているとアピールするのが彼らの使命だということになる（実際には一般市民は利用できないし、利用してもいない）。

フェイカランで観光客とガイド以外の人間を見かけたことはたった一度しかない。平壌でのあ

る晩のこと、私たちはメインフロアがなく、小さな個室に仕切られたフェイカランでディナーをとった。個室に案内される途中、中国人の観光客とおぼしきグループとすれ違った。すると、ベテランさんは彼らを指さしてこう言った。「ほら、朝鮮人ですよ」（絶対違うと思うけど。なぜなら、なによりの証拠である偉大なる指導者たちのバッジをつけていなかったし、中国語をしゃべっていたし、彼らが乗ってきたＫＩＴＣのミニバスが私たちの車の横に停まっていたから。店を出るとき自分の目で見たんだから間違いない）

ともあれ、その日も私たちはランチをしにフェイカランへ向かっていた。ベテランさんが私を振り返ってこう言った。写真を撮るのがお好きなら、本物の朝鮮の結婚式に興味はありませんか？

なんですって？　あるに決まってるでしょ！

なんて親切なベテランさん、と私は思った。ただの親切であればどんなによかったか。この続きを書こうとすると、私の心は今も重く沈む。彼女がただの親切で何かをするわけがなかった。もちろん、彼女には下心があった。その日の午前中も、北朝鮮はサイコーでアメリカはサイテーだという退屈かつ刺激的で不愉快かつ愉快なお決まりのコースをたどってきたものだから、このへんで私にエサを与えておいたほうがいいと思ったのかもしれない。

まあ理由はどうだっていい。彼女バージョンの真実に近づくチャンスをベテランさんがくれるというのなら、受けて立とうじゃないの。

話によると、とあるＫＩＴＣ職員の息子さんだか娘さんが（いつもながらわかりにくい説明だ）、たまたま私たちが一二時のランチに向かっているフェイカランで、その日の一時から結婚披露宴を開く予定なのだという。ちなみにその日は木曜だった。

私はがぜん懐疑的になった。

レストランに着くと、意外なことに一階は「ショップ」になっていた。北朝鮮ではレストランばかりでなく商店も謎の存在で、立ち寄る機会もめったにない。かなりの時間をかけて平壌中を車で回っていたにもかかわらず、私はまだ一度も店らしきものを見かけたことがなかった。この件について、私はずっとベテランさんを質問攻めにしてきた。店はどこにあるのか。近くに行ったら教えてもらえるのか。開店はいつで、どんな人が利用することができて、何時まで開いているのか。店の中では大きな通路を客が行ったり来たりしているのか。カートはあるのか。客は棚から商品を選ぶことができるのか、あるいは渡された品物をただ受け取るだけなのか。火星人か三歳児にでもするような単純な質問ばかりだけど、そのたびにベテランさんは「そうです」とだけ答えていた。そして今、ようやく店を紹介するチャンスが彼女に訪れた。

ベテランさん（暗く、営業していない、ほとんど空っぽの店内を指さして。売られているのは主に大型動物の剝製と、カラフルな安物の衣裳のようだ）ほら、店がありますよ。

私たちは階段をのぼり、ひどく汚い客用トイレの脇を通り過ぎた。閉店間際の場末のバーのトイレだってここよりはマシだろう。床はよくわからないもので濡れているが、そういえばこの国のトイレの大半は水洗式ではないことを思い出す。私自身は別にこれくらい気にしやしない。これまでの人生で、文字どおりの肥だめ（あるいはそれ以下のトイレ）を世界中で見てきたんだから（A合衆国も含む）。ただ、このとき私が考えていたのはこういうことだった。「ここは結婚式場なんでしょ！　なんて気の毒な花嫁さん。ロングドレスはどうなるの！　もしかしたらミニドレスを着るのかな？　きっと違うよね。どうやったらドレスを濡らさずにここのトイレを使うことができるんだろう？　それとも結婚式のあいだはトイレに行かないつもりなのかな？　どうやったらトイレを我慢できるんだろう。すごく短い結婚式なんだろうか。そもそも、木曜の夕方に開かれる結婚式ってどんなよ？」

私たちはすぐにテーブルへと案内された（ほかの客なし、待ち時間なし）。私たちが食事をしているあいだ、数人のウェイトレスが忙しげにフロアを行き来し、結婚式の飾りつけをしていた。見事な眺めだった。彼女たちはすばやく動きながらゆったり動くという離れ業をやってのけていた。しかも皆、美人だ（帰国後にどこかで読んだのだけど、党は国中でとりわけ魅力的な女性たちを選りすぐって平壌に住まわせ、働かせているらしい。外国人の目に、平壌が文字どおり最も美しく見えるように）。しかしながら彼女たちがこしらえているのは、見たこともないほどみっともない空間だった。まず、部屋全体はグレイプーポン社のマスタードと同じ色で塗られている。そしてもちろん、ヘンテコな色の電飾はここにも登場して、クリスマスツリーのような形に飾られていた。さらに、ピンクとブルーのナプキンに合わせたピンク色の風船や、シャンパンゴールドの覆いを掛けられた椅子がある。ピンクとパープルのツートンカラーになったコーン型の花瓶はチュールの布で包まれていて、細くなった首の部分に巨大な蝶結びがこしらえてあり、その上には雪だるまほどもあろうかという大きなバラのブーケが乗っかっていた。大画面の薄型テレビがあり（余興用だろう）、ひな壇の横にはビールケースが二〇箱ほど壁に沿って積み上げられていた。ひな壇の上は複雑なフラワーアレンジメントで埋め尽くされていた。真ん中はハート型になっていて、巡礼者風の格好をしたぬいぐるみのクマがちょこんと座っている（男のクマとその奥さん——おそらく新婚なんだろう）。巡礼者の隣には、本物の死んだ鳥の剝製が鎮座していた。なんという種類の死んだ鳥なのかは、私にはわからなかった。

そんな中でも、私の目を最もひきつけたのは、どの席にも置かれている個包装のおしぼりだった。使い捨

てのおしぼりを結婚式で出すことの是非はさておき（平日昼の結婚式なんだから、このあたりのマナーはゆるいはずだ）、ロゴからしてエアチャイナのおしぼりに見えたからだ。観光客が使い残しをガイドに渡していたものが、時をかけて貯め込まれ、いつしか結婚式に使われるようになったということなんだろうか。

とっくにランチを終えてしまった私たちは、そのまましばらく待たされた。結婚式の開始は遅れていた。ガイド二人は退屈しきっていたが、私はまだ、結婚式の準備とテーブルセッティングをするウェイトレスたちの流れるような作業ぶりに目を奪われていた。

今や、ガイドたちはすっかりだらけていた。慌ただしい朝からの疲れ、ただ座って待っているだけの退屈さ、ランチでシェアしたビールの大瓶といった要素が重なったのでは無理もない。それをいいことに、私は制止される心配もなくあちこちで写真を撮りまくった。

その中の一枚は、ウェイトレスがキッチンでなにげなく立っている写真だった。彼女は左の脚を軽く曲げ、カウンターの前で何かを待っている。この写真がなぜか関係者の逆鱗に触れた。まず私が叱られて、撮影禁止を申し渡された（これで私も退屈する側になった）。そのあと、ウェイトレスが叱られた（理不尽な仕打ちだ……勝手に写真を撮ったのは私なのに）。

関係者が数人、レストランに入ってきて協議が行われた。そもそも、私がこの場所に連れてこられることになるまでに、いったい何回の協議が行われたのだろうと思いを巡らせずにはいられなかった。

ベテランさんは、ひっきりなしに最新情報を伝えてきた。新郎新婦は遅れています。新郎新婦がこちらに向かっています。それから彼女は、私に部屋の後ろで立って待機しているように言った。

ゲストがちらほらやってきた。男性も女性もいるが（ベテランさんが言うには、男性限定もしくは女性限定の式もあるらしい）、全員、ごくふつうの北朝鮮風の装いだ。結婚式に出る予定のあるなしにかかわらず、五分前に着ていた服装のまんまでやって来たという感じ。軍服を着た男性は？　いた！半袖の作業シャツとパンツ姿の男性は？　いた！　『マッドメン』風の六〇年代ルックの女性は？　いた！　制服姿の子供たちは？　いた！　唯一見当たらなかったのが、いわゆる正装、カクテルパーティ風の装いだった。残念

ながら、ここでも私はゲストの写真は一切撮ってはならないとベテランさんから言い渡された。

そんなわけで私は、北朝鮮の結婚式に紛れ込んだアメリカ人帝国主義者なりに、できる限りさりげない態度を心がけつつ部屋の後ろで控えていた。するとベテランさんが、新郎新婦がやってくるので準備をするようにと言ってきた！　一攫千金のスクープショットを待ち構えるパパラッチになった気分。とはいえ、部屋の奥からどうやって写真を撮ればいいのか、私はいささか途方に暮れた。

フロアの入口に新郎新婦が姿を現すと、その答えは明らかになった。ベテランさんは、ゲストでいっぱいの部屋を突っ切るように私を前へと押し出していった。私は（ベテランさんにとっては都合よくも）ゲストの写真を一切撮ることができないまま、ひな壇の後ろに立っている新郎新婦のど真ん前までやってきた。

これまで私は、この不確かで謎と疑念に包まれた国の真実を私なりに探り出そうと奮闘してきたが、このとき花嫁が私に向けた一瞥――明らかに招かれざる客であるカメラを手にしたアメリカ人帝国主義者を、彼女はじろりと睨みつけた――は、「リアルかもしれないコト」リストのトップに堂々と記録されることになった。結婚式そのものも、二番目に記録していいかもしれない。

この幸せいっぱいのカップルの写真を撮るのに、私に許されていた時間はおよそ五秒といったところだろう。そのあとすぐ、暗殺未遂の現場から連れ出される大統領もかくやというすばやさで、私はフェイカランから追い払われたのだった。

第六章
そして二人だけが残った

ツアーの予定にしたがい、私たちの車は平城（ピョンソン）にある栢松（ペクソン）総合食品工場の正面ゲート前に到着した。ところがゲートには誰もおらず、いつにも増してテンパった運転手はクラクションを鳴らして怒鳴りはじめた。すると、警備についているはずだったうら若き女性軍人が、取り乱した様子で顔を真っ赤にしてブースから転がり出てきた。

　彼女が制服を着ていないことも、それまで寝ていたことも明白だった。彼女が大急ぎで身なりを整え（帽子をかぶり、シャツのボタンを留めて裾をパンツの中に入れ、ガンホルダーベルトを身に着けて……などなど）、慌てふためいてゲートと工場のあいだを行ったり来たりするのを、私はこのうえなく愉快な気分で見守った。ノコの軍事規律に詳しいわけではないけれど、制服を着ていないのは確実にアウトだろうし、勤務中に居眠りするのはもっとダメだろう。しかもその両方？　あちゃー。そのマンガのような大混乱ぶりにはただあっけにとられるほかなく、私は「リアルかもしれないコト」リストに新たな一項目を付け加えた。

工場の中まで行って、戻ってを全力疾走で三、四回繰り返したのち、女性軍人は最後にもう一度だけブースに入り、出てくるとゲートを上げて私たちを中へと通した。がらんとした駐車場に車を停めて外に出ると、そこでは現地ガイドと工場長が待ち構えていた。ベテランさんが衝撃的なニュースを伝えてきたのはこのときだった。ほんの五分前に予期せぬ停電が起きたため、工場は操業を一時停止して、五〇〇〇人の従業員は全員帰宅させられたそうだ。見学するのは構わないが、中には誰もいないし、作業の様子も見られないという。たまたまその場に居合わせたイギリス人の一団が、まともな答えなど期待できないとわかりきっている質問を彼らのガイドに浴びせかけていた。

イギリス人　五〇〇〇人全員が、たった五分前に建物を出て行ったということ？　それともその人たちは食堂かどこかで電気が復活するのを待ってるの？

ガイド　そうです。

工場の中に少しいただけで（私もまるっきりのバカではないので）、私もまた偽装の匂いを嗅ぎつけた。室内も機械も備品もピカピカだ。数種類の機械をふたつのラインに配置した程度の設備で、大量生産は困難――いや、不可能――だろう。ほんの何分か前まで五〇〇〇人の従業員がここにいたと言うけれど、従業員が一人でもここで働いたことがあるという物証のかけらさえ見当たらない。むろん、居眠り守衛は別にして。

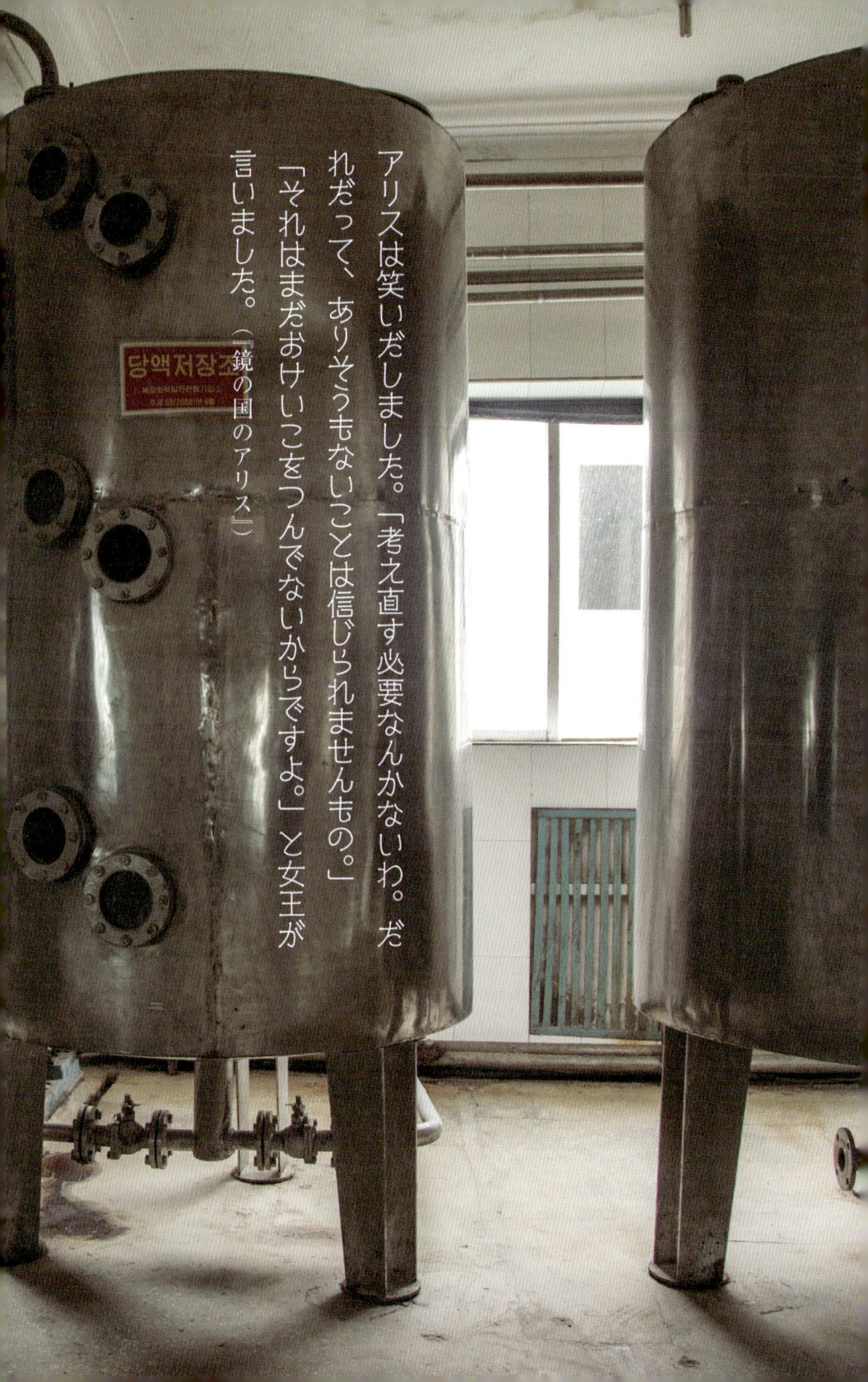
アリスは笑いだしました。「考え直す必要なんかないわ。だれだって、ありそうもないことは信じられませんもの。」
「それはまだおけいこをつんでないからですよ。」と女王が言いました。（『鏡の国のアリス』）
당액저장조

けれどそれ以上に見逃せないのは、実際のところ工場で何分か前に停電が起きたとして、突然の操業停止によって五〇〇〇人もの従業員が表に出された（あるいは食堂で待機させられた）のなら、たった一人で警備をさせられていた守衛嬢はちゃんと制服を着ていたに違いないし、少なくとも目は覚ましていただろうということだ。

たった一人の不届きな居眠り守衛と、チリひとつ落ちていない施設だけを根拠に私がベテランさんの言葉を疑っていると思われてはいけないので付け加えておくと、私たちが工場に入るまでに、反対側からやってきた人間は一人もいなかった。出遅れた人間が一人や二人いてもよさそうなものなのに。足を悪くしている人はいなかったんだろうか？

工場見学ツアーが始まるや、私の困惑はますます深くなっていった。この工場の「コントロールルーム」を見て、唖然とするあまり写真を撮り忘れたほどだ。まず、その部屋には電子ディスプレイやコントロールパネルのたぐいが一切見当たらなかった。繰り返すが、その部屋には電子ディスプレイやコントロールパネルのたぐいが一切見当たらなかった。代わりにあったのは、なんの意味もなさそうな机がふたつ。椅子四脚。壁に取りつけられた、何も映っていない「モニター」が三つ。賭けてもいいが、本物のモニターではなく、スタイリストや不動産業者やインテリアショップが使うようなプラスチック製のモックアップに違いない。それがすべてだった。鉛筆すら転がっていない。この部屋に、かつて誰かがいたかどうかさえ疑わしい。いわんや、ほんの何分か前まで工場作業が行われていたなんて、信じられるわけもなかった。

선군령도
진격의 나팔수 열혈의 선봉투사가 되라!

次の部屋は、製品のショールームだった。ここで、ノコに来て以来問い続けていた疑問があらためて湧き上がってきた。「できるだけいい印象を与える」ためにこれほどの努力をするのなら、なぜもう少しマシに見せるための工夫をしないのだろう？　造りつけの白いカラーボックス風キャビネットや、統一感のない飲料ボトルの一群がすごくみっともないというわけじゃない。ただ、もう少しいい感じに見せることもできるはず。

思いがけず私たちは、二人の作業員に遭遇した。残りの四九九八人が電光石火の速さで帰宅したあとも、この二人はなんらかの理由でビスケットの製造を完了させるために居残りしていたらしい。現地ガイドだったか工場長だったかが（どちらかは忘れた）、二人のことを「英雄」だと褒め称えた。

何もせずに下を向いている二人をしばし眺めてから、私たちのグループは先へ進んだ。例によって私は最後まで残り、これはいったいどういうことなんだろうと考えていた。そして例によって、新人さんは私の物思いが終わるまで辛抱強く待ち続けていた。すると、作業員の一人が頭を上げてまっすぐにこちらを向き、突き刺すような目つきをよこした。こんなふうに見られるのは、この二日間で二回目だ。同時にこれは、私が見ることのできた数少ない本物の何かだった。私はすばやくカメラのシャッターを切り、彼女を私の「リアルかもしれないコト」リストに追加した。そして、ようやく先へと進んで新人さんを喜ばせたのだった。

기술혁명

속
전
진

「さあ、これでちょっとおもしろくなりそうね！」とアリスは考えました。（『ふしぎの国のアリス』）

第七章 体感シネマ

ツアーのスケジュールに変更があり、ランチと午後の開城(ケソン)行きの前に、私たちは一時間ほど時間を潰さなくてはならなくなった。

「ウォーターパークに行くのはどうです?」とベテランさんが提案した。

「水着を持ってきていないのよ」私は言った。北朝鮮に水着を持ってこようなんていう発想は一〇〇万年たっても出てこないだろう。

「レンタルできますよ」肩をすくめてベテランさんは言った。

うへえ。「結構よ!」私はすばやく答えた。ちょっと早すぎたかもしれない。とはいえ、水道水がまともに使えない国で水着をレンタルするというアイデアは、とうてい魅力的とは思えなかった。

私は慌てて、せっかく雪解け状態になりつつあったベテランさんとの不安定な関係を壊すまいと、軌道修正を試みた。「とっても楽しそう。でも泳げないのよ」私はウソをついた。

「なら3D映画は?」

それなら大丈夫だろう。ただ服を着て座っていればいいだけなんだから。
「すてき！」私は熱を込めて答えた。

少し移動して、私たちは綾羅（ルンラ）遊園地の空っぽの駐車場に車を停めた。大同江（テドンガン）沿いにある「人民のためのワンダーランド」だ。

遊園地は閉まっていた。たまたまその日が閉園日だったのかもしれないけれど、私の目には、有史以来、うち捨てられているように見えた。事実、タンブルウィード（荒野を転がる回転草）が園内を転がっているのも見た。私が意味のない写真を撮っているあいだ、ガイド二人は入口にあるガラス張りのブースに詰めていた遊園地のスタッフに対して猛然と交渉――協議――を開始した。やがて、ベテランさんが私に一ユーロ出すように言い、私たちは入園を許された。

ひとけのない園内を「体感シネマ」に向かって歩く道すがら、ベテランさんはずっと、遊園地は通常無休であり、普段はたいへん混雑しているのだと言い続けていた。

こういうときはどう反応すればいいのだろう。

「じゃあどうして、今は閉まってるの？」私は尋ねた。

ベテランさん　私たちが来ることを知らせていなかったものですから。

私　なんですって？

ベテランさん　お客はあとから来るんです。

私　開園は何時なの？
ベテランさん　そうです。

……今回も実り多い会話だった。

映画館に着くと、ノコにありがちな不可解かつ不合理な手順が待っていた。私たちは手術室で医者がかぶるキャップのような、大きくてくすんだ青いカバーを渡され、靴の上にかぶせるよう指示された。問題は、カバーそのものが一度も洗われておらず、汚れきっている点だ。しかも、外でカバーをつけてから映画館の中へ入るというシステムのため、外部の汚れを中に持ち込まないという当初の目的は一切失われていた。

そして今、私はガイド二人を脇にしたがえ、汚染防止のための青い保護カバーで足を覆われた状態で、北朝鮮のうらぶれた遊園地の中にある空っぽの映画館のロビーにたたずんでいる。

私たちはチケットカウンターという名の、ただの机に向かって歩いていった。そこで私は料金を払うよう指示された。四ユーロだったが、あいにく私は五ユーロ札しか持っていなかった。さあ、ひと悶着の始まりだ。誰もお釣りを用意していない！　なぜなら私が来るなんて知らなかったから！　お釣りを渡すなんて予定にはなかった！　予定がなければ五ユーロにお釣りを出すことさえできない国、それが北朝鮮だ！

私がなすすべもなく立ち尽くしているあいだ、横では切羽詰まった響きの耳ざわりなやりとりが交わされていた。私は混乱しつつ、この事態を引き起こした責任は誰にあるのだろうと考えていた。私なのか、ガイドたちなのか、レジ係なのか。

だしぬけに、ベテランさんが私を振り返って怒鳴るように言った。「映画が終わってからお釣りを渡します」オーケイ、それが答えというわけだ。私が悪うございました。

私たちはロビーを突っ切って、狭苦しい劇場の中へ入っていった。

劇場の壁には小さな棚が取り付けてあって、私はそこへバッグを置くように言われた。全財産とカメラと携帯電話が入ったバッグを、見張りもつけずに暗い部屋の片隅に置き去りにしていく理由はない。「大丈夫よ。自分で持ちます」と私は言った。

「でも、とても危険ですから」とベテランさんは言った。

「ハァ？　いったいなんの話？」私は内心毒づいたが、声には出していなかったはず。

私の不審を見て取って、ベテランさんは言いなおした。「映画が……動くんです」

なるほど。いわゆる没入体験型の３Ｄムービーというわけね。画面に合わせて座席が動いたりするやつだ。

「構わないわ。ひざの上に載せておくから」

それでもベテランさんは引き下がらず、トレードマークであるひきつった笑みを浮かべて、私が白旗を掲げるのを待っていた。

このとき、心の底の部分で私は悟った。私がベテランさんに対してイラついているのと同じくらい、彼女も私にイラついているのだと。それでもやっぱり、バッグを置いていくわけにはいかなかった。

劇場内には一列五席の座席が二列、傾斜をつけて並んでいた。驚いたのは、どの席にも人が座っていたことだ。ガイド二人もびっくりしていたのかもしれないが、彼女たちの表情からは窺えなかった。しかし、ベテランさんはすばやく座席表の改編に着手し、心地よく席におさまっていた客が三人、私たちのために劇場から追い出された。

なんか、ごめんなさい。

着席してシートベルト（!）をしめていると、隣の席の男性がどこから来たのかと話しかけてきた。私はにっこりしてアメリカだと答えた。朝鮮に来るのは初めてかと聞かれたので「そうです」と私はほがらかに答えた。「朝鮮は気に入りましたか？」男性はさらに尋ねてきた。「それはもう（まったく）」と私は答えたが、こんなに好き勝手に話していられることが信じられなかった。この男性はいったいルールをいくつ破っているんだろう。私は彼の身の安全を案じはじめていた。

ベテランさんが立ち上がって劇場から出ていった。3Dメガネを取りにいくためということだったが、すぐにスタッフを一人連れて戻ってきた。そのスタッフが二言三言発するや、北朝鮮人の全観客が立ち上がってぞろぞろと出ていった。

「どうしてみんな、帰っちゃうの？」答えはわかっていたが、それでも私は聞いてみた。

「映画を間違えたからです」ベテランさんは答えた。

劇場から人が完全に出ていくまで三五分間待ってから、私たちは黄色いプラスチックの３Ｄメガネをかけた。『勝者（ウィナー）』というタイトルのカーレース映画が始まった。私たちが辛（から）くも衝突を免れたり崖から飛んだりするたびに、座席は前へ後ろへと威勢よく揺れた。

新人さんはキャーキャー言いっぱなしだった。「ウァァァァ！」彼女は本気で映画を楽しんでいた（「リアルかもしれないコト」リスト入り）。ベテランさんの言ったことが正しかったことは認めなければならない。このドスンドスンやガタンガタンのあいだ、ずっとカバンを膝に抱えておくのはまったく容易なことではなかった。

映画は四分ほどで終了した。

照明がついて、私は新人さんに向かって微笑みかけた。不格好な黄色いプラスチックの３Ｄメガネをかけた彼女は本当にキュートで愛らしかった。「映画は気に入った？」私は尋ねた。「ええ、とっても！」新人さんは熱っぽく答えた。私は彼女がますます好きになった。

私はベテランさんを振り返って、同じ質問をした。「気持ちが悪いです」とベテランさんは答えて、席から立ち上がった。

私たちはふたたびロビーを突っ切って映画館を出た。そこでいったん立ち止まり、汚染防止のためのシャワーキャップを靴から外した。

そこから一メートルも進まないうちに、後ろから呼び止められた。映画館のレジ係が一ユーロのお釣りを持って出てきたのだった。

「ふむ。それじゃあ、どちらもここで初めてお目にかかったわけだから、」と一角獣が申します。「もし、おまえがおれの生きてることを信ずるなら、おれもおまえを信ずるがね」（『鏡の国のアリス』）

第八章 「ふつうの人たち」

私は平壌地下鉄の車両に座って、ベテランさんを問い詰めていた。例によって、ことの真相にたどり着こうとがんばっていたのだ。

私 この地下鉄に乗っているのはどんな人たちなの？

ベテランさん 本当の話、ふつうの人たちなんです。

いつだってこうだ。ベテランさんは私の質問にこんなバカみたいな答えしかよこさない。それをうのみにして質問をやめるか、さらに追及する覚悟を決めて茶番じみた会話を続けるか。とはいえ、いかに質問を絞り込もうとも、ベテランさんの用意周到なウソを回避することは不可能だ。このときのやりとりも例外ではなかった。

聞いたところによると、「ふつうの人たち」は月曜から土曜日まで働かなくてはならないらしい（日曜日は休息日だが、党のためにボランティア活動を行わなければならない）。木曜日の昼下がりだったのに、地下鉄の中はすし詰め状態だった。街中にはクリーニング店も商店も銀行も、用向きのありそうな場所はどこにもない。ランチに向かっていそうな人も、私以外に誰もいない。私はこの「ふつうの人たち」がどういう人たちなのか、正確に知りたくてたまらなくなった。

私　どうしてここにいる人たちは働いていないの？
ベテランさん　働いてますよ。
私　じゃあなぜここにいるの？
ベテランさん　そうです。

残念ながら、北朝鮮での質疑応答にはイエスかノーしかない。

答えを追求する行為を楽しむことができる人もいるだろう。けれども、はなから質問に答える気がなく、それゆえにわざと鈍いふりをしている相手から、のろのろと情報を小出しにされることに私は心底ムカついていた。その相手、つまりベテランさんが、質問に答えるときに「本当の話……」という皮肉にしか聞こえない口ぐせを使うとあってはなおさらだ。

私は「平壌地下鉄の延長乗車」を許可された。つまり、四つの駅を見ることができる。もはやいちいち驚かないけれど、どの駅も凝ったシャンデリアや照明を備えているにもかかわらず、構内は薄暗かった。そして、北朝鮮のほかの場所と同様、熱気を帯びた共産主義音楽と、切羽詰まった響きのするラジオのトーク番組がスピーカーから爆音で流されていた。また、どの駅も押しつ

けがましいプロパガンダ（壁画、モザイク、彫刻や銅像）で飾り立てられ、ノコの政治思想と最愛なる指導者たちのすばらしさを誇示していた。

駅のプラットフォームに立っていると、古ぼけた電車がガタゴト音を立てて構内に入ってきた。通勤者とおぼしき人々が手動でドアを開けている。

私　つまり、今ドアを開けていたあの男の人も……これから仕事に行こうとしているふつうの人ってこと？

ベテランさん　そうですよ。仕事です。

807

私たちは電車に乗り込み、ドアの真ん前に立った。車両の反対側（微笑みをたたえた亡き指導者二人の肖像画がかかっている）の蛍光灯がひとつついているきりで、車内はかなり暗かった。すると、遠足帰りらしい子供たちの大集団が同じ車両に向かって走ってきた。少年先鋒隊（朝鮮少年団に所属する小学生たち。赤いネッカチーフが目印）のメンバーだろう。しかし、私の姿を目に留めるや否や、彼らはマンガみたいな動きでドアの手前で固まってしまった。私をまじまじと見つめ、くすくす笑っているが、電車に乗り込んでくる度胸はないらしい。私がイケてる熟女だから？

ああそうか。私がアメリカ人帝国主義者だからだ。

ついに、勇敢なる隊員が一人、隊列から離れて車内に乗り込んできた。仲間たちは笑い転げ、はやし立てている。そのプレッシャーに耐えかねて、少年は一瞬で車両から降りてしまった。結局、集団は私の隣に立つよりも前の車両に移ることを選んだ。社会の除け者になった気分だ。この少年も、私の「リアルかもしれないコト」リストに仲間入りした。

ある駅では少年先鋒隊の別の大集団に遭遇した。イルミネーションに照らされた、キングコングのごとき「親愛なる亡き指導者」（キング・キム？）の巨像が、子供たちを手招きするようにプラットフォームの左手にある出口へと誘導している。

平壌地下鉄には一七の駅があり（公称）、ふたつの線がXを描くように交差している。

私　どうしてほかの駅は見られないの?
ベテランさん　地図をお見せしますよ。
私　そうね。それより、どうしてこの四つの駅が見学のために選ばれたの?
ベテランさん　本当の話、偉大なる指導者が訪れたことのある駅だからです。
私　ほかの駅も全部、同じような感じなの?　どの駅にも、豪華な照明や装飾があるの?
ベテランさん　まだ建設中です。

別の駅では、床から旗竿のように突き出したスタンドの周りに男女が群がっていた。旗の代わりに新聞が掲げられている。ベテランさんの説明によると、ニュース(偉大にして親愛なる最高指導者がいかに偉大であるかを人民に広めるべく党が発行しているプロパガンダ)を読んでいるらしい。

最後の駅へと向かうために乗った電車はとても混雑していた。私たちは文字どおり、身体を車内に押し込まなければならなかった。ふつうの都市で、ふつうの平日にどこのふつうの地下鉄でも見られるような、そんなごくふつうの光景だった。

私　けれど、この人たちがどういう人たちなのか、やっぱりわからない。あそこの三人の若い子たちは、どうしてポツンとこんなところにいるの?　学校にも行か……ええと、なんでもないわ(この質問はやめておくことにした)。

私は電車の中に立ち、乗客にもみくちゃにされていた。この旅行中、生身の人々とふれあうことのできた数少ない機会のひとつと言えるだろう。私は一人のおばあさんと視線を交わした。老女は歯を見せて笑い、半分立ち上がって半分会釈するような、万国共通の「どうぞこちらに座ってください」というジェスチャーを見せた。私はにこやかにこれを辞退し、「いえいえ、あなたが座っていてください」と伝えるために静かにうなずいてみせた。

しかし二人して同時に動いたものだから（「ここは私が」「いえいえ私が」）、このコンマ何秒かの混乱が注目を集めることになった。すると、周りにドッと笑いが起きた！　正確には、三人がくすくすと笑い、二人ほどが口元を覆って微笑んだ。大ヒット！　またしても「リアルかもしれないコト」リストを引っ張り出さなくては。

この地下鉄は、私が北朝鮮に来て初めて、街を自由

に歩き回っているらしき人々に遭遇した場所だ（妙にめかし込んではいるものの、少なくとも彼らはほかのあらゆる場所で見かけた人々のように、スプレッドシート状に四×八の隊列を組んで歩いたりはしていなかった）。彼らはごくふつうに電車を利用しているように見えた。とはいえ、それでも私は何かがおかしいという感覚を振り払えないでいた。

党は、旅行者がノコで見るものや体験することを一〇〇パーセント操作しようとしている。つまり、私たちの目に入るものの大半はやらせであり、完全にリアルな出来事なんて起こるはずがない。ふつうに見えるものや、ふつうであって当然のものが、この国では違う。ふつうに見えても、中身はとんでもなくめちゃくちゃか、あるいはめちゃくちゃにとんでもない。

この国の権力者には、外国人に見せたい北朝鮮や、外国人に思い込ませたい（あるいは信じ込ませたい――このふたつは同じだろうか？）ことがあり、そこから先はすべてが霧に包まれている。すべてを額面どおりに受け取るか、逆にすべてをウソだと決めつけない限り、霧の中を模索して膨大な時間を費やすことになってしまう。

そのことに私はうんざりしはじめていた。もうクタクタ、と私は内心つぶやいた。あのおばあさんの席に素直に座っていればよかったんだ。

「もしそれが紙に書いてあるのでしたら」とアリス
はたいへんていねいに申しました。「もっとわかりが
良いと思います。でも、おっしゃるだけではわかり
かねますわ」（『ふしぎの国のアリス』）

第九章　英雄たちの高速道路

不気味な姿ながら、奇妙な美しさを感じさせる木々が私の注意をひいた。平壌から南浦まで、青年英雄道路をドライブしている最中のこと。ガイドたちは二人とも居眠りしていて、私はヘッドホンをスマホにつないでいた。つまり、音を立てずに車窓から何枚か写真を盗み撮りできるというわけだ。

寝落ちする前にベテランさんが熱っぽく語ったところによると、青年英雄道路という名称は、党と偉大なる指導者のために、この高速道路を「英雄的に」建設した「青年たち」（三〇歳未満の北朝鮮人民）に由来しているという。なかなかいい話じゃない。ここで、ベテランさんは思い出したようにこう付け加えた。「そして、とてもとてもたくさんの若者が失明したのです」

さあ、北朝鮮らしい話になってきた。

ちょっと待って。

「失明した、ですって？」

ベテランさんは引きつった笑みを浮かべた。「そうですよ」（訳：ウェンディはバカに違いない）

頭が警報を鳴らしていたが、私は果敢にも、自分としては聞いて当然と思った質問を投げてみた。「なぜ、そんなにもたくさんの若者が高速道路をつくるために失明したの？」

「ダイナマイトのせいですよ」（本当にこの人はバカなのね！）ベテランさんは、おなじみの引きつった笑みを崩さず答えた。

なーるほど……私が悪うございました。

実際、私が悪かった。高速道路の建設にたずさわった若者たちが、ダイナマイトで失明しないわけがあるだろうか？　この国では、電動工具や一八輪トレーラーや安全ゴーグルなど、建設現場にありそうなものがひとつも見当たらないというのに。コンゴのど真ん中で道路建設にたずさわっていた男たちは、牛フンと藁でできた家に住んでいたけれど、そんな彼らでさえヘルメットくらいかぶっていた。

ベテランさんは続けた。「本当の話、偉大にして親愛なる指導者は、身を犠牲にして国家に尽くした若者たちを大いに誇りに思い、この道路を訪れると若者たちを英雄として遇することに決めたのです。道路の名前も、彼らの栄誉を称えてつけられました」

しかも、ご褒美はこれだけじゃなかった！

「指導者が若者たちを英雄だと称えると、女性たちはこぞって彼らの世話をし、結婚したがったのです」

これぞウィンウィン！

ベテランさんは満面の笑みを浮かべてこう言った。「青年英雄道路は朝鮮が成し遂げた最大の偉業なのですよ」

乗り心地から判断する限り、青年英雄道路は未舗装の道路よりはマシだった。

ベテランさんはこう説明した。「青年英雄道路の建設は二〇〇〇年から二〇〇二年にかけて行われ、全長は二一六里あります」この長さは意図的に設定されたもので、その理由は「二・一六が偉大なる指導者の誕生日だから」だそうだ。ちなみに二一六里は約八八キロメートルだという。

ちなみに、ウィキペディアによると、青年英雄道路の建設は一九九八年から二〇〇〇年にかけて行われ、長さは四六・三キロメートルしかない。

どちらのソースにも信頼がおけない以上、ここで事実を云々してもしょうがないだろう。

というわけで私が観察したことを書いておく。青年英雄道路の幅は一〇～一二車線相当。白線なし、でこぼこで穴だらけのアスファルト道路（一九七四年～一九七九年頃の小学校の運動場を思わせる）で、もちろん車は走っていない。

まあ、車も何台かは見かけたけれど、私が見た限り、中に乗っているのは観光客か、そうでなければ制服を着た人たちだった。おそらく軍人か、この道を走ることを許された特権階級の人々だろう。それ以外、南浦に向かうときも平壌へ戻るときも、どちらの「車線」も空っぽだった。

どうして車が走っていないのかと尋ねたところ、ベテランさんはひきつった微笑みを浮かべて何も言わなかった。

察するに……この国では移動の自由が絶望的なまでに制限されていて、加えてその制限をさらに強化するために、高速道路の両端に（そして途中にも一カ所）検問所が設けられているからだろう（各検問所でガイド二人と運転手は通行証を厳しくチェックされていた。つまり彼らは前もって通行を許可されていたということになる）。さらに、賭けてもいいけど、この国の人民は車を所有することを許されていない。

しかし、これにも増して異様なことがあった。

四六・三キロメートルの道中（私はウィキペディア説を取ることにした）、高速道路の両脇では、軍服姿もしくは一九四〇年代、五〇年代風の格好をした何千人（何万人？　何十万人？）もの男性が、道ばたの木々を手で切り倒していた。つまり、小さなノコギリや斧を使ってという意味だ。二人ひと組でノコギリを引き合っている人もいれば、反射テストを行うときに医者が使う木槌みたいなサイズのツルハシを持っている人もいる。電動ノコギリも大きな機械も見当たらない——なぜなら、そんなものはないから。

無数の男たちの力仕事によって切り倒された四六・三キロメートル（の二倍）分の木々は、高速道路の真ん中にただ放ったらかしにされていた。どうせ車は走っていないのだからたいした問題ではない。しかも、フットボール場に匹敵するほどの道幅があるのだから。

大勢の男たちが伐採に従事していたが、その二、三倍の数の男たちは、倒れた木の上や道ばたの草むらで昼寝をしていた。偉大にして親愛なる指導者が、現地指導のためにこの道路を訪れた際、昼寝をすればよりいっそう仕事がはかどるとでも宣ったのかもしれない。あるいは、どれほど身を粉にして働き、どれほど成果を上げようとも、この国の厳格にして不寛容な身分階級制度「成分（ソンブン）」の下では、自分たちは一生伐採作業人でいるしかないということを、この男たちは悟っているのだろう……なら、少しくらい昼寝をしたっていいじゃない？

木々の大半は、まだ若い木に見えた。私は戸惑いつつ、これらはこれから植えられるものなのか、すでに切り倒されたものなのかとベテランさんに尋ねた。

「切り倒されたものですよ」ベテランさんはにこやかに答えた。

「どうしてこんなにたくさんの木を切る必要があるの？」私は尋ねた。前日に走った別の高速道路でも、これとまったく同じ光景を見ていたから。そこでも、山のように木々が切り倒されていた。

ベテランさんの回答――ひきつった笑み。

庭の入口の近くに大きなバラの木が立っておりました。咲いているのは白いバラの花でしたが、庭師が三人がかりで、いそがしそうにそれを赤に塗りかえていました。（『ふしぎの国のアリス』）

第一〇章　美人ドクターは期待外れ

まったく似合っていない、ひどく汚れた白衣と、一度も洗われたことがない靴カバーを身につけてから、私たちは正面玄関を通された。おなじみの靴カバーは、今回ばかりはその場にふさわしいものと言えた。そこは3D体感シネマではなく、平壌産院だったからだ。

活気がなく、明るくもなく、暖かくもない（夏だったのに）ロビーで、私たちは医者に扮装した子供のような格好で、病院を案内してくれるガイドを待っていた。そのあいだ、ベテランさんはこの病院で六〇〇万人以上の女性が出産したのだと豪語していた。その中には八〇〇〇人の外国人も含まれるという。「大勢の外国人が、私たちの偉大なる指導者の心遣いに感謝しました。この病院では治療費は無料で、特別な医薬品も用意されています。外国の有名人もたくさん利用しています」ここで出産しようと思った外国の有名人が「たくさん」どころか一人だっていたかどうか怪しいものだけど、私はベテランさんの言葉をそのまま受け取るしかなかった。

病院のガイドがやってくると、私はすぐさま彼女が好きになってしまった。まさにひと目ぼれ（ガールクラッシュ）。間違いなく、朝鮮に来てから会った中でいちばんの美人だろう。これまで会った中で、と言ってもいいかもしれない。彼女は二〇代の前半で、モデルになれそうな美貌と、すばらしくぽってりした唇の持ち主だった。真っ白い、いたってスタンダードな型のぴったりしたナース服を着て、おそろしく古い型のナース帽をかぶっている。意外なことに、といっても、それほど感銘を受けたわけではないけれど、彼女は産婦人科医のナントカ医師だと自己紹介した。ともあれ彼女は美人で頭もいいいんだから、間違った格好をしていることくらいどうってことはないだろう。

というわけで、身だしなみの整っていない医者みたいな格好をした私とベテランさん、そしてナースのコスプレをした美人のナントカ医師という奇妙なメンバーで、院内見学ツアーはスタートした。

最初に見学したのは、今まさに立っているロビーだった。ダンスホールを思わせる金色の大きなシャンデリアや、赤と緑の大理石を複雑に組み合わせた花模様の床面を私たちはとっくりと鑑賞した。「この床装飾を完成させるために、一六五トンの貴重な石が使われたのです」と、ガイドのどちらかが解説した。病院のあらゆる細部に対して現地指導を行ったとされる最高指導者は、こうした装飾に金をかけることが医療上必要だと考えたに違いない。一方で、ロビーの照明が全部落ちていることに対しては、間違いなく「贅沢は敵だから」という言い訳を聞かされることになるのだろう。

次に私たちは、親愛なる指導者父子がニコニコしている等身大の肖像画を立ち止まって鑑賞した。二人してクレーターレイクのほとりみたいな場所に立っている絵だ。なぜ彼らはこんな場所に立っているのか。なぜこの病院の中、たとえばピカピカの人工心肺装置のそばに立っている絵ではないのかと聞いてみたが、ガイドたちは私を無視して歩き出した。

続いて見たものを正確に描写するのはなかなか難しい。私たちは個別のブースに細かく仕切られた部屋へと案内された。ドラマや映画によく出てくる、刑務所でガラス越しに囚人と面会する場所からガラスだけを抜いたような感じだ。台形のブース内の壁は床から天井まで真っ黄色に塗られていたが、寒々しくて湿っぽく、このうえなくわびしい空間だった。

私は七番ブースへ通されると、ピエロの鼻のように真っ赤な椅子に座るよう指示された。頭の上には裸電球がひとつぶら下がっていたが、明かりはついていないなかった気がする。

ここで私は、壁にかかったダイヤル式電話の受話器を取るように言われた。「ここは、お父さんたちが出産したばかりのお母さんと会話し、赤ちゃんの姿を見るための場所なんです」と、ナントカ医師が説明する。すると、遠くの壁で旧式の監視カメラが動作を開始し、その下にはめ込まれたミッドセンチュリー風の旧型テレビが、パチパチと音を立てながらモノクロの映像を徐々に映し出した。

「よくわからないわ」困惑しながら私は言った。「直接、奥さんと赤ちゃんに会いにいってはダメなの？　赤ちゃんのお父さんや家族や友だちは、上の階に行けばお母さんと赤ちゃんに会うことができるんでしょう？」ナントカ医師の答えは、それはダメ、ダメ、ダメ絶対というものだった。「非衛生的」だからだそうだ。

「お父さんが、奥さんや赤ちゃんに同じ部屋で会えるようになるまで、どのくらいかかるの？」

どうにか状況を理解しようと、私は尋ねた。ナントカ医師が正確にどう答えたのかは忘れてしまったが、こんな感想を抱いたことは覚えている。一般的なアメリカ人の休暇期間よりは長いけれど、子犬のワクチン接種を完了してドッグパークに連れていけるようになるまでの期間（一二～一五週間）よりは短いな、と。

テレビ画面に看護師の姿が現れたので、私は受話器を取り上げた。彼女は上の階にいるらしかったが、むしろ広くて短いトンネルの反対側にいるような感じだった。低い雑音が絶え間なく響く中、看護師は自分の側にある色のない受話器を取り上げた。雑音に対抗して声を張り上げる代わりに、彼女は私に向かってひらひらと手を振った。私も手を振り返した。すると彼女は受話器を置き、テレビ画面はプツッと消えた。

続いてナントカ医師は、扉をひとつ抜け、先が行き止まりになった廊下へと私たちを連れていった。廊下の右側には、窓のついた壁の後ろにいくつかの部屋があった。ある部屋では、ちっちゃな未熟児の赤ちゃんが保育器に入れられ、『カッコーの巣の上で』に出てくるラチェット婦長みたいな格好をした女性に見守られていた。その隣の部屋では一〇人の赤ちゃんが、おそろいのつなぎを着せられ、おそろいの毛布できっちりくるまれ、おそろいの縞模様のマットレスに顔を上にして寝かされていた。どの赤ちゃんも、ニューヨークのベーグルショップの壁にかかっていそうなワイヤーバスケットの中に入っている。これらの赤ちゃんベーグルバスケットはワゴン車の上に置かれていたが、壁に取りつけられた金属の手すりからぶら下がっているようにも見えた。どちらの部屋も、明かりといえば自然光だけだった。

三番目の部屋には、同じように壁から半分ぶら下がったバスケットの中に三人の赤ちゃんがいた。三つ子ですよ、とナントカ医師が教えてくれた。それから私は、反対側の壁ぎわに置かれた保育器の中の二組の双子に目を留めた。看護師が二人、クークーとのどを鳴らして双子をあやしているのをしばし眺めていると、ナントカ医師が表の廊下にある低い木のテーブルへと私の注意を促した。テーブルの真ん中には、金色の小さな箱がふたつ、布マットの上に大切そうに置かれている。箱のひとつには女の子用の金の指輪が、もうひとつには男の子用の金の短剣のミニチュアがおさめられていた。いずれも「双子もしくは三つ子で生まれておめでとう」の記念品として、ラッキーな子供たちに党から贈られるものだそうだ。

どうやら北朝鮮では、双子や三つ子として生まれることはたいへん名誉なことらしく、その家族にはさまざまな特典が与えられるらしい。私が思い出せる限り、その特典は次のようなものだった。

○双子もしくは三つ子を妊娠している母親、もしくは出産したばかりの母親は、居住地域を問わず、ヘリコプターで平壌産院に移送される。
○子供一人につき、金の指輪もしくは短剣が誕生時に進呈される。
○子供が一七歳になるまで、一人につき毎日一杯の牛乳が無償で支給される。
○子供が一七歳になるまで、一人につき毎日一杯の油が無償で支給される。
○三つ子は幸運の証しなので、国の保護下に置かれ、家族の負担になることなく別の場所で育てられる……云々。そのときは、ナントカ医師がなんの話をしているのかよくわからなかった。けれども後日、南浦にある児童養護施設を訪れたとき、その施設が双子と三つ子だらけなのを目の当たりにして、実に後味の悪い形で彼女の言葉の意味を理解することになる。

アメリカに帰国したあと、私はいくつかのネット記事で、三つ子たちが偉大なる指導者の命令によって児童養護施設に送られていることを知った。北朝鮮では三つ子は強大な力を手にする運命にあると信じられている。三つ子にとって不幸なことに、迷信と妄想と儒教の教えが一点に収斂した結果、金一族は、今日の赤ん坊トリオは明日の反逆集団になり得るという結論に達したらしい。

双子と三つ子の見学はここまで。病院はこの先、ますます異様さを露呈していく。

「歯科室」の中には誰も座っていない治療台が三つあり、私が見た限りではそこそこ新式の治療機器が備えられていた。ナントカ医師が言うには、「妊婦だって歯をきれいにしたいだろう」という、偉大なる指導者の鶴のひと声で設けられた部屋だそうだ。出産を間近に控えた、または出産したばかりの女性が求めるのは、せいぜい虫歯を詰めるか、歯根の消毒くらいのものだろうと、個人的には思う。私は、日に何人ほどの女性が歯の洗浄にやってくるのかと尋ねた。「何百人もです。皆、朝のうちにやってきて、あなたがここに来る前に帰っていきました」と、ナントカ医師は答えた。

次に通されたのは「日焼けマシン室」だった。最初期の日焼けマシン二台がようやく入るくらいの広さだ。新式の「屋根」の付いたカプセル型のマシンとは違い、屋根は寝台のはるか高くに天井から吊り下げられている。マシンの一台は電源が入っていないか、壊れていた。もう一台はなぜか電源が入っていて、この部屋でただひとつの照明として、紫がかったピンク色の不気味な光をはなっていた。私が口を開こうとする前に、ナントカ医師がすかさず解説する。この部屋も偉大にして親愛なる指導者の肝煎りでつくられたものだそうで、その理由は「妊婦が長く入院しているとビタミンDが欠乏するから」というものだった。

続いて、紙のように薄っぺらなシングルベッドが二台並んでいる治療室を見学した。ベッドというより、試験のときに使う机に近い。ベッドには白とブルーのストライプ柄のシーツがかけられ、この気が滅入りそうな部屋にまだしも明るさを添えていたが、部屋中に置かれた冷戦時代の遺物のような古めかしい治療器

具の数々にはゾッとさせられるものがあった。それぞれの「ベッド」の上半分をまたぐように、半ドーム型のインチキくさい機器が設置され、その上を同じストライプ柄のシーツが覆っている……なかなか趣味がいい。この物々しげな設備はなんのためのものなのか尋ねたところ、ナントカ医師は「脚の治療です」とそっけなく答え、私を先へと急がせた。

私は最初に会ったときほど、ナントカ医師のことが好きではなくなりはじめていた。ある「研究室」では、パティシエのような格好をした男女が、まじめくさって顕微鏡を見ていた。といっても、実際に顕微鏡をのぞき込んでいたわけではない。顕微鏡はまだ、ぶ厚いプラスチックのカバーに入ったままだったから。

これぞ、北朝鮮の病院バージョンの不条理演劇だ。

「患者」棟を歩きながら、私たちは次々と開かれていくドアの後ろに、まったく同じような部屋が次々と現れるのを見ていた。どの部屋にも時代遅れの医療機器がたっぷり詰め込まれていたけれど、それに反比例するように患者の姿はさっぱり見当たらなかった。「患者さんたちは、もう帰りました」ナントカ医師はそう言ってから、すぐに付け加えた。もう一押しすれば、その言葉が真実になるとでもいうように。「患者さんは皆、朝のうちに来るんです」

次に私たちはエレベーターに乗って、明るく照らし出されたホールに到着した。こちらは旧病棟の隣に建てられた新病棟なのだという。うっかりエレベーターの代わりにタイムマシンに乗ってしまったのかと思った。しかし、そんな驚きも長くは続かなかった。結局のところ、新しくなったのはせいぜい上っ面だけでしかなかったから。

短い階段を下りて、クローゼットほどの大きさの部屋に案内される。部屋の中央には新しいマンモグラフィ装置とおぼしき機械が置かれていた。ナントカ医師の解説によると、三万ユーロ以上もするたいへん高価な機械だが、偉大にして親愛なる指導者が「人民の健康のために」購入を決めたのだそうだ。彼もまったくのケチってわけじゃなさそうね、と私は思ったが、すぐにある事実に気づいた。国中の女性の検査を行うのに、このたった一台の機械しかないということに。しかも機械はコンセントにつながれてさえいない。

この一台だけではとても足りないわよね、と私は尋ねた。ナントカ医師は、もはやウソをつく気すらないように、呑気な調子で「何度も診察しますから」と答えた。もしかすると、私の懸念は的外れなのかもしれない。そもそも、この病院に一時間も滞在しているのに、新生児より年上の女性患者は一人も見かけていないのだから。

がんの予防が話題になったので、私はナントカ医師に、北朝鮮の医師は他国の医師と協力して乳がんの研究を行ったり、研究結果を共有したりすることもあるのかと尋ねてみた。乳がんの研究は日進月歩だ。しかし、ナントカ医師は私が何を尋ねているのか理解できないようだった。だったら別の聞き方をしてみよう。「この病院のお医者さんは、ほかの病院のお医者さんと意見交換をしたり、会議に出たり、新しい治療法に関する論文や臨床試験のデータを読んだりしているの？」

「ノー・キャンサー」と彼女は答えた。

それはつまり、「北朝鮮にがんはない（ノー・キャンサー）」という意味なのだろうか？　それとも「いいえ、がんは（ノー・キャンサー）

……」と言いよどんだのだろうか？　私はイライラしてきたが、口を閉じていようとした。

　でも、無理だった。

　私は質問のレベルをちょっぴり下げることにした。結局のところ、彼女は産婦人科医であってがん専門医ではないのだから、あまり意地悪をすべきじゃないだろう。「あなたは毎週、何人の赤ちゃんを取り上げているの？」

「赤ちゃん？　いいえ」ナントカ医師はポカンとしたように答えた。そろそろ私は本気で切れそうになってきた。トイレに駆け込んでゲロを吐きたい気分だ。

「そうよ、赤ちゃんよ。ついさっき上の階で見かけた、ちっちゃい生まれたばかりの人たちよ」

私は「小さい」と「上」のところでジェスチャーを交えて説明した。「あなたは産婦人科医ではなかったの？　赤ちゃんを取り上げるのが仕事よね？　で、あなたは毎週、何人の赤ちゃんを取り上げているの？」

「いいえ」美人さんは頑固に繰り返すばかりだ。

　了解……質問タイムは以上。私はいい人でい続けることを選んだ。それに、彼女が悪いわけじゃない。きっと、エレベーター型のタイムマシンに乗ったときに記憶を消されてしまったんだろう。

　私たちはふたたび、明るく照らし出された真っ白いロビーに戻ってきた。どうやって戻ってきたのかはさだかではない。新たに浮かんできた考えがにわかに現実味を帯びてきて、頭の中がいっぱいだったから。結局、ナントカ医師は美人ドクターなんかじゃなく、演技のうまい詐欺師みたいなものだったんじゃないか。私は彼女のうるんだ瞳にコロッと騙された愚か者というわけ。

私はトイレの場所を尋ねた。腐っても国で最先端の病院なのだから、ほかの場所とは違ってトイレットペーパーも流れる水もあるだろう。トイレに向かう途中、私たちはある階段の前で立ち止まった。ベテランさんがなにやら私にクイズを出したいらしい。この階段について気づいたことはないかと彼女は尋ねた。

私　うーん、すてきだってことかしら？

これは安全な賭けだった。

ベテランさん　真ん中が緑なんですよ！

彼女の言うとおりだった。大理石の階段に翡翠がほどこされている。

ベテランさん　（誇らしげに）本当の話、緑の部分は滝が流れる様子を表しているんです。偉大にして親愛なる指導者が現地指導に訪れたとき、この階段を指さしてこうおっしゃいました。「緑色を見れば妊婦の体調はよくなる！　苦痛もなくなるだろう！」

そのひとことで、新しい病院のできたばかりの階段が丸裸にされ、翡翠を使ってつくりなおされたというわけだ。ちなみに余分な費用はかかっていないらしい。

私　それはすごいわね。さて、そろそろトイレに行ってもいいかしら？

ベテランさんは私をプレゼンテーションルームの中にあるＶＩＰトイレへと連れて行った。その後私は、四〇万時間はあろうかと思われる病院の紹介ビデオをこの部屋で見せられることになる。ついさっきまで、一時間かけて見学していた同じ病院に関するビデオを。

ちなみにトイレには明かりはついていたが、流れる水もトイレットペーパーもなかった。さらなる努力を求む！

病院を出ようとすると、ゲストブックに感想を書くように言われた。「美人ドクターは期待外れ」と書きたい誘惑にかられたけれど、自分が思っているほどにはおもしろがってはもらえないだろうと考えなおした。

代わりに私は「すてきな病院でした。ありがとう」と書き、にせの名前をサインした。朝鮮版『カッコーの巣の上で』に加担するようなことは一切したくなかったから。それからくるりと背を向け、「消毒された」白衣と靴カバーを身につけたまま、病院をあとにした。

アリスは子どものことを書いたおもしろいお話をいくつも読んだことがありました。子どもたちは焼かれてしまったり、けものにまるごとたべられたり、そのほかいろんないやな目にあうのですが、それはみな、子どもが友だちからおそわったかんたんな規則をおぼえようとしなかったせいでした……（『ふしぎの国のアリス』）

第一一章　子供たちはまともだ（キッズ・アー・オールライト）

最初に訪れた少年宮殿は、いまだにトラウマになっている。

少年宮殿は、芸術やスポーツに特化し、自分の才能を伸ばしたいと願うすべての子供たちが自由に参加できるすばらしき無償の放課後プログラムということになっている（「私たちの偉大なる指導者は人民を愛し、子供たちは未来だとおっしゃっています」違うわ、ベテランさん。それを言ったのはホイットニー・ヒューストンよ）。本当にそうなら「偉大なる指導者サイコー！」と言ってもいいが、そうではないらしいということを今では私も知っている。少年宮殿は、子供たちが厳しい鍛錬を何年にもわたって強いられるカリキュラム外の英才教育であり、しかも参加できるのは国中で飛び抜けて才能のある子供たちか、党の上層部の子息だけ。どちらの説を取るべきなのか、もはや私にはわからない。

旅先では、いつだって子供たちに惹きつけられる。あまりにも単純に聞こえるかもしれないけれど、子供たちの存在はその国の魂として私の心を打つ。たいていの場合、子供たちにはウソがない。その国の政治や社会がどんなことになっていても、あるいはその国が総力を挙げて旅行者を騙しにかかろうとしていても、子供たちは真実を教えてくれる。子供たちのありのままの姿に、その国の本質が反映されるのだ。

だからこそ、私は世界のどの国を旅するときも、決まって学校や児童養護施設、小さなコミュニティを訪れて、子供たちと交流を持つことにしている。一緒に遊んだり、授業を見学したり、あるいはただ写真を撮って見せるだけで、お互いを隔てる垣根は一挙に取り払われる。子供たちにとっては、コミュニケーションと相互理解の力を幼いうちから育む機会にもなるだろう。

なので、平壌の少年宮殿の駐車場に到着したとき、私はワクワクしていた。初めて訪れる少年宮殿だったからだ（今回の旅行プランを立てるとき、私はここ以外にも子供に関連するアクティビティをたっぷり盛り込んでいた）。この施設でのガイド役は愛くるしくお行儀のいい一人の少女で、英語はひとことも話せなかったが、私たちを連れて短い階段をのぼり、長い廊下を抜けて、小さいホールに入っていった。

たちまち、北朝鮮の流儀が顔を出す。

一列五人で三列に並んだ少女たちが、椅子に座り、スカート姿で脚を大きく広げ、大半の子はリボンのついた保護カバーを靴にかぶせ、めいめいが特大のアコーディオンを抱えている部屋に入り込んだときの気分を知りたい？　しかも、あなたが部屋に入ったとたん、いかにもたまたま弾いていたというふうに、唐突に演奏が始まったときの気分を？

ひとことで言えば、めちゃくちゃヘンな気分だ。

同じような「あなたが来たとき、ちょうど練習の真っ最中だったんですよ」という偶然を五、六回も経験したのち、私は確信に近い疑念を抱くようになった。つまり、少女たちは私が来るのを知っていた。私の訪問はすべてお膳立てされたもので、彼女らはこの出し物を何年も繰り返し練習しているに違いない。私のような観光客（もしくは党のお偉方）がやってくるのを待ち構えていて、完璧な出し物を演じているだけ。もし誰かがミスをしたら、すぐさま協議が行われるだろう。

書道の教室には（説明によると）三、四歳の子供たちが大勢いたが、彼らの作品は書の大家を顔色なからしめる出来栄えだということだった。ここにきて、事の深刻さはいっそうはっきりしてきた。

少年宮殿は楽しい学びのためのすばらしき施設などではない。課外活動の牢獄だ。

子供たちは自分の得意とする活動に取り組み、ゆくゆくは仕事として同じ活動に取り組むことになる。彼

は歌手になり、彼女はアコーディオン奏者になる。そして、修練の日々は死ぬまで続く。

少年宮殿の子供たちは、国家的策略の片棒を担がされているのだろうか。それとも純粋に活動を楽しんでいるのだろうか？　彼らは芸術や文化の奴隷も同然だけど、少なくとも畑は耕さなくてすむ。彼らの境遇は、クレイジーな母親に連れられて美少女コンテストに参加する子供たちや、ふつうの子供時代を過ごすことをあきらめてオリンピック選手を目指すアスリートの卵たちと比べてどう違うというのだろう？　例によって疑問だらけだ……そして例によって答えはない。

私は想像していたほど少年宮殿を楽しむことができなかった。

少年宮殿の精鋭たちによる終わりなき出し物や音楽演奏を、私はもう十分堪能した。なんなら北朝鮮は地球上で最も偉大な国であると認めてもいい。けれども、子供たちが国の真実を映し出しているという点については、認めることはできなかった。

それから私たちは平城に向けて出発した。一泊する予定のホテルに到着すると、水を使う時間を指定するように言われた。三〇分間の枠しかなかったので熟考の末に返事をしたが、約束の時間に水は流れなかった。けれど、疲れ果てていたのでもうどうでもよかった。

翌朝、平城の中心広場といくつかの記念碑、栢松革命史跡地、そして栢松総合食品工場を回ったあと、私たちは金正淑（キムジョンスク）第一高等中学校（高校）へ車で向かった。ここで、少しでも真実に近い交流が持てることを私は願っていた。

学校の私道に入って車を降りたとき、複数の窓から男の子たちが顔をのぞかせているのがちらりと見えた。勇敢な子たちなんだろう。挨拶代わりに手を振って写真を撮ると、全員がさっと首を引っ込め、またふたたび顔を出した。幼児ではなく高校生男子と「いないいないばあ」をすることになるとは。この遊びは万国共通だ。北朝鮮も例外ではないらしい。

校長はハンサムで愛嬌のある男性で、今回の案内役でもある。彼は車まで私たちを出迎えにやってきた。髪の分け方や靴の黒さ、着ている服の形からして、学校よりも船のへさきや宇宙船エンタープライズ号の操縦室に立っているほうがお似合いなのではないかと思わずにはいられなかった。

校長は私たちを校内へと案内した。校舎は清潔で、北朝鮮流に粉っぽい感じではあったけれど、カラフルだった（胃腸薬のペプトビスモルがピンク色のペンキになったと思ってほしい。ブルーやイエロー、グリーンなどのカラーバリエーションもある）。快活な雰囲気があり、たくさんある窓のおかげでひどく暗いということもない（とはいえ、照明はひとつもついていなかった）。数学の成績優秀者を貼り出した壁を私たちに見せる校長は、心底誇らしげに見えた。

続いて、上の階で英語のクラスを見学することになった。一応、通常のクラスらしく、授業はもう始まっているという。

ちょっとした大所帯を引き連れて、私は教室の後ろに入っていった。新人さん、ベテランさん、運転手、工場から一緒だった三人のイギリス人観光客（彼らも教師だった）、イギリス人に同行していたデンマーク人のコーディネーター兼国際ガイドと北朝鮮人のガイド二人、教師が三から五人（主任？）、そして校長という顔ぶれだ。これだけの人間がバタバタと入ってきても、生徒たちはまるで意に介していなかった。おそらく以前にも似たような大騒ぎを経験しているのだろう。

教室に入って行く途中、イギリス人観光客に同行していたデンマーク人のガイドが体を寄せてきて、この見学が「ふつうの人がふつうのことをしている」様子を知る、貴重な機会なのだということを思い出させて

くれた。私は前日の少年宮殿での苦い記憶を頭から振り払い、偏見なしに英語のクラスに参加しようと努めた。しかし、デンマーク人のガイドは微に入り細をうがち、これから私たちが見るであろうものを分単位のスケジュールで教えようとしはじめた。これはあまり聞きたい情報ではなかった。

生徒たち（最前列にいる女子数人以外は全員男子）は熱心に、楽しげに授業に聞き入っている。紫色のポリエステルのパンツスーツを着た教師は、絶えず派手な身ぶりで黒板にポインターを突きつけていた。私は写真を撮るのと交互に、生徒たちの肩越しに彼らの手元をのぞき込み、今目にしている光景がどこまでお膳立てされたものなのか、さりげなく観察していた。

デンマーク人ガイドが予告していたとおり、私たちは順番に前に出て、生徒たちからの質問に答えることを求められた。けれど、私は後ろに控えておくことにした。こうしたシチュエーションでは、なぜかひどく

引っ込み思案になってしまう。代わりにもっと写真を撮り、もっと観察していたいという思いもあった。

晴れやかな笑みを浮かべた偉大なる亡き最高指導者たちを背後にしたがえ、イギリス人たちが交代で生徒たちの質問を受けていた。生徒たちは挙手し、指名されると立ち上がって、あらかじめ決められた、リハーサルずみの質問をした。どんなお仕事をされているのですか？　どこから来たのですか？　英語の授業のお手伝いをしていただけませんか？

スタジオ観覧者（つまり生徒たち）が仕込みであり、質問があらかじめ用意されていたことは明白だけど、イギリス人の回答と、それに対する生徒たちのリアクションまで仕込むのは無理だろう。なぜ当局はそのようなリスクをおかすのだろう？

しょせん子供は子供なので何が起きてもおかしくない。よく訓練された子供でもうっかり（あるいは故意に）ミスをすることはあるし、間違った（正しい）ことを間違った（正しい）タイミングで言ってしまうこともある。当局もそのことは織り込みずみだろう。そのことは、この教室に漂う緊迫した空気とガイドたちの数の多さの説明にもなる。結局のところ、赤ん坊の口から真実は漏れてしまうのだから。

そして、おなじみの疑問が私の頭の中をぐるぐると回り出す。そもそも彼らは何を恐れているのだろう？　もし北朝鮮の人々が皆、本当にこの国での生活がすばらしく、完璧なものだと信じているのなら、何をそんなに必死になって隠そうとしているんだろう？　完璧な場所なんてないことくらい、誰でも知っている。だったら、子供には子供らしくさせておけばいいのに。たいていの子供はまともなのだから。

教室が大笑いに包まれたので、私は唐突に注意を引き戻された。イギリス人の一人（なんと本物の英語教師だった）が、黒板に書かれた内容を解説するのに苦戦しているらしい。黒板をよく見てみたところ、その原因が判明した。以下が、そこに書かれていたことだ。

ピサの斜塔はクレイジー

文法（一）「私たちの学校で、毎朝八時二〇分に始まります」と彼女は言いました（間接話法に変化しましょう）

（二）「母は私に日記をつけさせようとしていました」（make、let、have を選びましょう）

（三）「料理は熱すぎて食べられませんでした」（「enough」と一緒に書き替えましょう）

この微妙さが伝わるだろうか？

こんなとき、私は思わずにはいられない。大勢の用心棒を配置し、教室を監視カメラで見張り、観光客への対応を死ぬほど訓練させられてきたに違いない生徒たちを揃えておきながら、なんだってこんなに詰めが甘いんだろう？　この国がこれまで拉致したり捕虜にしたりしてきた人々の中に、もう少し英語に造詣が深くて、もう少しまともな授業を演出できる人材はきっといるはず。あるいは、偉大にして親愛なる誰かさんは、きちんと指をさしてミスを指摘してくれたりはしないのだろうか？

私は持ち場を変えることにした。教室の前のほうに移動し、開いたままのドアの前に立つ。ここからなら、講義を聞いている生徒たちの表情や反応を観察することができるだろう。

生徒たちは皆、幸せそうで、授業を集中しているように見えた。けれども、彼らは観光客向けのお芝居を毎日繰り返しているのではないか？　少年宮殿の子供たちと同じように、日々訓練とリハーサルに明け暮れているのでは？　この学校で、本当に授業は行われているのだろうか？とはいえ、少年宮殿の神童たちによる、やりすぎなまでに洗練されたパフォーマンスだけを理由に、北朝鮮の子供たち全員を見損なうわけにはいかない。この学校の生徒たちはお腹を抱えてバカ笑いし、心の底から楽しんでいるように見えた。これがやらせだとは、私は決して思いたくなかった。

今度は、数学を教えているという別のイギリス人が教室の中央に出てきた。彼が何かの数字を挙げ、平方根の値を一人の生徒に問いかけたところ（もちろん私には計算できない）、その生徒は正しい値を即答した。私は思わず泣きそうになった。ここにはまだしも、私たち全員にとっての希望があった。

そのとき私は、生徒の一人がこちらを見ていることに気づいた。前から数列目の左側の席で、教室で一人だけ青いシャツを着ていた生徒だ。目が合うと、彼は私の目をまっすぐに見返し、下を向いたり目をそらしたりする代わりにニッコリした。私も笑みを返し、挨拶の代わりにごく目立たない動作で手を振った。それから私はカメラを構え、撮ってもいいかと尋ねる意味でうなずいてみせた。どうぞ、と言うように彼はニコリとうなずいた。私は写真を撮り、ありがとうのつもりでもう一度うなずいた。

この出来事は、ずいぶん昔、インドのジャイプールにいたときのある記憶を呼び覚ました。私は車の後部座席にいたが、信号で車が停止したときに、食べ物とお金を求める貧しい子供たちの集団に取り囲まれてしまった。子供たちが押し合いへし合い、私の座席の閉まった窓へ近づこうとする中、一人の小さな女の子が最前列に押し出されてきた。周りで大騒ぎが起きているのに、彼女は一人静かにそこに立ち、私のことをじっと見ていた。私たちは、しばしお互いの目を見つめ合った。

なぜそうしたのかは忘れたけれど、私は窓ガラスに手のひらを押しつけた。女の子も手を伸ばし、同じ場所に手のひらを押しつけてニッコリした。私たちが互いに微笑み合い、手のひらを重ね合い、窓ガラス一枚を隔てて結びついているあいだ、時間が止まったようだった。信号が青に

変わって車がその場を走り去った瞬間、私は取り返しのつかない思いに大粒の涙をこぼした。もはや引き返すすべはなかったから。

その女の子のことは今でも鮮やかに思い出せる。あの瞬間の記憶を、私は折に触れて思い出し、彼女も私のことを覚えているだろうかと考える。そのときも今も絶えず感じているのは、旅においては自分の行動にこそ意味があるということだ。

私はこれまでに、人生を一変させるような瞬間を何度も経験してきた。堂々巡りしていた思考が落ち着き、疑問や疑念が影をひそめ、ただ自分がここに存在し、この瞬間を味わっているということ以外のすべてが消えてゆく――そんな瞬間を。それは、限りなくリアルな瞬間だ。

見学が終わり、ガイドたちとその連れは列をつくって教室を出た。新人さんと私は急いでトイレに寄ったが、ここでは珍しく水が使えた。ただし、水がなかなか止まらないので、床は異臭を放つ水たまりと化していた。私はサンダルを履いているという事実を頭から追い払うことにした。そして、せめてもの慰めに、午後には第二のわが家である高麗ホテルに戻って、思うさま水を使えるという幸運に思いを馳せた。

その週の後半、私たちは別の二カ所にある少年宮殿を訪ねることになっていた。平壌で二番目に大きな施設と、開城にある施設だ。最初に見学した少年宮殿同様、このふたつも巨大な凝ったつくりの建物だった。開城の場合は、街でいちばん立派な建物だった。最初のときと同じように、物悲しくもあり、奇妙に楽しくもある訪問で、私は「よく学び、よく遊ばない」という教育方針の成果を存分に見ることができた。

あるとき、私はベテランさんにこんな感想を述べた。金正淑第一高等中学校の生徒たちがあんなに大はしゃぎしていたのに、少年宮殿の子供たちがむっつりと不機嫌そう（パフォーマンス「中」でないとき、という意味で。パフォーマンスが始まれば、彼らはいっせいに満面の笑みを貼りつける）に見えるなんて、すごく「おもしろい」わねと。学校の生徒は不機嫌で退屈しきっていて、幼い子供たちはキャーキャー騒ぎ回るのがふつうなのに、これでは逆じゃない？　これに対してベテランさんは「子供たちは、学びたいことを選ぶことができます」とだけ言った。

この答えに満足できなかったので、私は例によって三歳児か火星人にするような質問を開始した。「じゃあ、私が学生だったとして、ギターを習いたいと言えば習わせてもらえるの？」

ベテランさん　もちろんです！

私　なら、それから何カ月かたって、私がもうギターはやりたくないと決めて、代わりに歌手に進路変更したいと言えば、そうさせてもらえるの？　そんな簡単に？

ベテランさん　ええ。もちろんですとも！

私の疑いは消えなかった。

私　子供たちが好きな活動を自由に選べるのなら、どうして皆アコーディオンを選ぶの？　アコーディオンっていうのは、言ってしまえば、歌ったり踊ったりできない子たちのためのものじゃないの？

新人さん　（冗談めかした口調だが、少し傷ついた表情で）ひどい！　私もアコーディオンを弾いていたんですよ！

おっと、追及はここまでだ。余計なことを言った私が悪い。

私　（なんとか取り繕おうとして）そうなの？　アコーディオンもすてきよね！

私は愛らしく、利発で、きっと人気者だったに違いない幼い頃の新人さんを想像しようとした。お行儀よく椅子に腰かけ、満面の笑みで、脚を大きく広げ、リボンのついた靴カバーをはき、あのキーやこのキーを押しながら特大サイズの楽器を前へ後ろへと動かしている新人さんの姿を。

新人さん　そうなの。この国ではアコーディオンはとても人気なんです。教師たちは、全員弾けないとダメなんです。

いつだったか新人さんは、ご両親は教師だと話していた。彼女がアコーディオンを弾くのも納得だ。
私はベテランさんにも、教育課程でどんな活動に参加していたのか尋ねてみた。彼女もアコーディオンを弾いていたらしいが、こちらはまるで信じられなかった。

後日、私たちは南浦にある児童養護施設を訪れた。ここでも汚れた靴カバーをつけた私たちは、廊下を進み、さまざまな年齢の子供たちでいっぱいの部屋をのぞいていった。新生児から三歳くらいまでの子供たちだ。そこでは何もかもが自然で、あるべき状態にあるように思われた。どこにでもありそうな、ごくふつうの養護施設だった。保育士たちは、子供たちが昼寝をし、お菓子を

食べ、自由に遊ぶ様子を熱心に見守っていた。

それから、私たちは廊下の端にあるいちばん大きなプレイルームに入った。ベテランさんが指さした先には、三つ子と双子のグループがいた。どの子も三歳より上ではなかっただろう。私はこんにちはを言うために床に腰を下ろしたが、子供たちの大半は無反応で、私の姿を目に留めてさえいないようだった。ベテランさんは張り切って施設のガイドの解説を通訳していた――偉大にして親愛なる指導者がこの施設を訪れ、自らの手で子供たちのユニフォームを選んでくださったときはどんなに嬉しかったことか。この施設に関しては、指導者の指さし行為にも効力はあったようだ。子供たちが着ているユニフォームはとびきりかわいらしかった。

なんとか子供たちと交流しようと、座り込んでアイコンタクトを試みながら、ここまで私を徹底的に無視できるなんて、この子たちはどんな生活をおくっているのだろうと思わずにはいられなかった。私がアメリカ人帝国主義者だからなのだろうか。

北朝鮮という国が完璧に振り付けられたミュージカルだということは、これまでに何度となく気づかされてきた。その中では、私の疑問がどんぴしゃのタイミングで解決されるのが常で、このときも例外ではなかった。ちょうどそのとき、年端もいかない役者の卵たちが、完璧に振り付けされたダンスを「たまたま」踊りはじめたのだ。そのパフォーマンスのグランドフィナーレを飾ったのは、北朝鮮版のナチ式敬礼だった。

태 권
평양학생소년궁전

춤도 잘
줄 아는
다

피아노는 발전된 현대적악기
입니다. 조선사람도 자기 나라
의 음악을 발전시키기 위하여
서는 반드시 피아노를 가져야
합니다. 김일성
피아노는 음악의 형상
를 종합적으로 구현할수
악기이므로 음악에 대하
알자면 피아노를 칠줄
한다. 김정

「まず読(よ)ろめき方や足(あ)書(が)き方は
もちろんですな、」とニセ海ガメ
は答えました。「つぎには算術の
加減乗除でした、――つけ足し
算、引きくるい算、追いかけ算、
それにあざ割り算でした」
(『ふしぎの国のアリス』)

第一二章　人民大学習堂

私たちは一九九〇年代初頭の代物と思われるCDラジカセを取り囲み、映画『2番目に幸せなこと』でマドンナがカバーした「アメリカン・パイ」を海賊版のCDで聴かされている。この映画でマドンナは、ルパート・エヴェレット演じるゲイの友人とのあいだにうっかり子供ができてしまったヨガ・インストラクターを演じていた。北朝鮮にしてはなかなかきわどいテーマだ。

ここは人民大学習堂のAVルーム。私たちのDJ役とでも言うべきこの施設のガイドは、AVルーム担当ガイドとの協議を経て、学習堂では世界中のあらゆる国の楽曲を所蔵していることの証しとして「マドンナのCD」を選んだのだった。

違法コピーしたCDをおさめたプラスチックのケースには、本来あるべきライナーノーツの代わりにマドンナの適当な写真を白黒でコピーした、画質の悪いくしゃくしゃの紙が入っている。四分三三秒のあいだ、ノイズだらけの音楽を聴きながら、これはもともとマドンナの曲ではなくてドン・マクリーンの曲なのだとか、こんなCD一枚ではとうてい世界中の楽曲を集めていることの証拠にはならず、アメリカと同じレベルにさえ達してないと反論しようとして、私は空しい努力を続けていた。もし彼らの言うことが本当なら、せめて「ホリデイ」とか「ライク・ア・ヴァージン」とか、別のヒット曲を選べなかったのだろうか？　マドンナというアーティストは、ナンバーワンヒットをいくつも持っているというのに。

その部屋には、まったく同じ型のCDラジカセが三〇から四〇台あって、同じ数だけある、まったく同じ形のデスクの上にセットされていたが、利用しているのは私たちだけだった。このラジカセ区画のすぐ後ろには、さらに何列ものまったく同じ形のデスクが並び、その上にはどこから拾い集めてきたような古いブラウン管テレビが置かれていた。テレビ区画にはヘッドホンをつけた四人の朝鮮人が群がって、それぞれ別の映像を観ていた。けれども、マドンナが「シェビー（シボレー）に乗って土手（レビー）に行ったが、土手ではしらけてしまった」とやりだしたとたん、彼らの目はいっせいに私に集中した。私と同じくこの曲が気に入らなかったからかもしれないし、曲がとんでもなくうるさいのを私のせいだと思ったのかもしれない。

人民大学習堂は北朝鮮が誇る巨大な国立図書館で、六〇〇室を擁し、社会人教育の中心として平壌の中心部にそびえ立っている。また、初代最高指導者の七〇歳の誕生日を記念して建てられたモニュメントでもある。学習堂のガイド（施設全体を担当しているガイドで、AVルームの担当者とは別人）の解説によると、最高指導者の現地指導のもと、延べ床面積一〇万平方メートル（約一〇七万六三九一平方フィートに相当する）の殿堂は、一年九カ月の工事を経て完成したらしい。比較のために挙げておくと、延べ床面積三〇〇万平方フィートの一〇四階建てビルである1ワールドトレードセンター(旧フリーダムタワー。西半球で最も高い摩天楼であり、世界でも四番目に高い)の建設には約一〇年かかっている。しかも、こちらの場合は電動工具がふんだんにあった。

北朝鮮にいるあいだ、幾度となく経験したことだが、私は複雑に混じり合ったふたつの感情を味わっていた。一方では、これほどおもしろい話はなかった。この国で最も重要にして知的な建物であるはずの国会図書館のAVルームで、廉価版CDの海賊版を時代遅れなCDラジカセで聞かされているのだから。

もう一方で、私は戸惑い、沈んだ気持ちにもなっていた。国会図書館のA

Vルームで、廉価版CDの海賊版を時代遅れなCDラジカセで聞かされていたから。

これがこの国の基準で優れているということなら、そうでないものはどれだけひどいことになっているのだろう？

AVルームの倍の広さはあろうかというリーディングルームでは、二、三人の学生が個別のデスクの前に座っていた。リーディングルーム担当のガイドが学習堂全体のガイドに説明し、それが新人さんに伝わってから私に翻訳されたところによると、これらのデスクはかつて利用されていた大きな共有テーブルの代わりに新しく導入されたものだという。リーディングルーム担当ガイドは説明を続けた。偉大にして親愛なる指導者は、この部屋を現地指導で訪れた際、人民たちが窮屈そうにテーブルにかがみ込んでいるのを目にしたそうだ。彼は「賢明かつ寛大にも、高さが調節できるテーブルが必要だと判断しました。そうすれば、もっと快適に学習ができるだろうと。彼は人民を愛していたのです」そして偉大なる指導者は、高さが調節できるデスクを自らの手で開発したという。

その力を、ぜひ食糧問題にも発揮してもらいたかったところだ。

人民大学習堂には三〇〇〇万冊に及ぶ蔵書があると言われている。実際に三〇〇〇万冊あるのかどうかは知らない。「中を見てはいけない図書室」担当のガイドが学習堂全体のガイドに説明し、それが新人さんに伝わってから私に翻訳される過程で、いくつかこぼれ落ちた情報があったのかもしれない。

地図やグラフィック、年表などさまざまな
ファクトとデータで読み解く決定版

中東世界データ地図

歴史・宗教・民族・戦争

ダン・スミス／龍和子訳

170点以上の地図やグラフィックを用いて、今日の中東を生んだ勢力図、次にアイデンティティ、権力、信仰、戦争という一連の絡み合う問題、さらには1940年代後半以降の紛争の背景、展開、見通しをも解説した決定版。

序章—中東と世界
第1部——中東の形成
　◉オスマン帝国　◉ヨーロッパの植民地主義　◉第一次世界大戦後の新たな中東　◉脱植民地化とアラブ世界のナショナリズム　◉イスラエルの国家建設　◉石油　◉アメリカの存在
第2部——転換期にある中東地域
　◉政治と権利　◉信仰　◉民族　◉人口と都市化　◉富と不平等　◉ジェンダー問題　◉水　◉難民　◉戦争
第3部——紛争の舞台
　◉イスラエルとパレスチナ　◉レバノン　◉アルジェリア　◉クルド人◉イラン　◉イラン・イラク戦争　◉イラク　◉湾岸戦争　◉新生イラク　◉チュニジア　◉エジプト　◉革命後リビア　◉シリア　◉サウジアラビア　◉イエメン　◉湾岸王国　◉悲しみと恐怖のネットワーク
結論
資料／索引

A4変型判・5800円（税別）
ISBN978-4-562-05430-5

カラフルな地図・表・グラフを豊富に用いて中国の「今」を解説

地図で見る 中国ハンドブック

ティエリ・サンジュアン／太田佐絵子訳

あらたな超大国、中国の課題を理解するための120以上の地図とグラフ。最新のデータにもとづき、全面的に改定されたこの第3版は、交通、宗教、金融・産業投資などの未刊資料を収録。世界のあらたな秩序を判断するために必要不可欠の書。　**A5判・2800円（税別）** ISBN978-4-562-05422-0

カラフルな地図・表・グラフを豊富に用いてロシアの「今」を解説

地図で見る ロシアハンドブック

パスカル・マルシャン／太田佐絵子訳

ロシアが現在かかえる問題とあらたな課題を理解するための100以上の地図とグラフ。エネルギー、宇宙産業、航空産業、原子力、軍事力、そして伝統、人口、整備開発の遅れ、ヨーロッパとの緊張関係、アジアとの友好の表明、最新の経済・統計データを掲載した決定版！　**A5判・2800円（税別）** ISBN978-4-562-05405-3

好評既刊　地図で見る **アラブ世界ハンドブック**

以後続刊
地図で見る **バルカン半島ハンドブック**　10月刊
地図で見る **ラテンアメリカハンドブック**　11月刊

「中を見てはいけない図書室」担当のガイドは、飾り気のない小さなデスクの前に座り、大理石のカウンターを隔てて私たちと向かい合っていた。ノコで訪れた多くの建物がそうだったように、この学習堂にも石切場をまるごと運んできたのではないかと思うほど大量の大理石が使われていた。ガイドの横には本一冊ほどの幅がある小型のコンベヤベルトがあり、一メートルほど後ろの壁にあいた本一冊分ほどの大きさの四角い穴まで伸びていた。

いまや熟練の域に達していた伝言ゲームを通して、新人さんは読みたい本の名前を挙げるように私に言ってきた。「どんな本でもいいの?」びっくりして私は尋ねた。なんと、本当にあるのかもしれない！　しかしながら、これはどこまでも初々しい新人さんの、ほんのちょっとした言い間違いらしかった。あまりにもささやかな言い間違いなので、私が『星の王子さま』(史上最高のベストセラーのひとつであり、数えきれない言語に翻訳されている古典中の古典)をリクエストして初めて、新人さんも自分のミスに気づいたようだ。「それは無理」のブザーが鳴り響く。

さあ、協議の始まりだ！

「やっぱり『ハックルベリー・フィン』でお願い」新人さんに言われたとおりに私は言った。するとビックリ！『ハックルベリー・フィンの冒険』が一冊、小さい箱に入ってベルトをシューッと滑り降りてきたではないか。すり切れた本をちらりと見て、私は「何百万冊」もの蔵書の大半は、CDの大半と一緒に、この大気の中にしか存在していないのではないかと思いはじめていた。

次に足を踏み入れたのはもっと小さな部屋で、八〇人から九〇人の人々でいっぱいだった（女性四人、残りは男性）。何列も並んだテーブルにつき、コンピュータの画面に見入っている。CADか何かを学習しているようだったが、どの端末も異なった画面を表示しているのではっきりとはわからなかった。しかも、教室のいちばん手前（もちろん、頭上には偉大なる指導者たちがニコニコしている大きな肖像画が掲げられている）でひどく前かがみになっている教師らしき人物も含めて、誰一人ぴくりとも動かず、会話も交わしていない。机におでこをつけて居眠りしているように見える三人の男性は言うに及ばず。

あの居眠りトリオがすぐに試験に受かるとは思えないわね、と私は新人さんに冗談を言った。偉大なる指導者たちの肖像画が実際にこの場を見ることができたなら、たいへんなことになりそう。新人さんはくすくす笑った。私は彼女に、ここにいる人たちが何を勉強しているのか、学習堂全体のガイドに聞いてもらおうとした。けれども、学習堂全体のガイドは答えを知らなかった。この部屋担当のガイドなら知っているだろうが、今は不在にしているか、もしくは教室の前で教えていないあの人物がガイドだということらしい。どのみち、コンピュータ室はもう時間切れだったので、私たちは次へと進んだ。

見学がどのような順番で進んだのかは覚えていないが、どの廊下も薄暗く、私たちが見たどの部屋も照明が四分の一以下しか使われていなかったことははっきりと覚えている。ギフトショップでは照明が完全に消えていた。

人民大学習堂には毎日一万人の利用者が訪れるという。しかし、明かりのついていない廊下や薄暗く照らされたロビーを通り抜け、見学リストに載っていない真っ暗な部屋をのぞき込み（そのたびにベテランさんか、学習堂全体のガイドが私を引き離そうと駆け寄ってきた）、見学リストに載っている薄暗く照らされた部屋を訪れているあいだ、新しくやってきた利用者は一人も見かけなかったし、帰ろうとしている人も見かけなかった。何かを待っている人もいなかった……本が出てくるのを待ったり、エレベーターを待ったりしている人は誰も。ロビーの正面玄関付近には検索端末に似た九台のコンピュータがバラバラに設置され（ただし椅子はなし）、何人かの利用者が操作していた。北朝鮮でもインターネットが使えることをアピールするためだろう（冗談ではなく。でなければなんのための端末なのかわからない）。しかし、これらの端末の順番待ちをしている人もいなかった。私がギフトショップで購入したトートバッグが、その日売られていた唯一の

商品だったと証言すれば、私は自分の身を危険にさらすことになるんだろうか。

北朝鮮最後の夜、アイルランド人の医師と一緒にビールを飲む機会があった。そこで私たちは、めいめいが人民大学習堂で見聞きしたものを教え合った。私たちはまったく同じ部屋を訪れ、まったく同じものを見ていた。ただ、マドンナと『ハックルベリー・フィンの冒険』の代わりに、彼の場合はアイルランドの民族音楽を聴かされ、難解なアイルランドの医学書か何かを見せられたらしい。これによって、人民大学習堂が少なくとも二冊の本と二枚のCDを所蔵していることは、疑いの余地なく証明された。

「わたしが知っているていどに、あんたにも時という
ものがわかっているなら」とぼうし屋が言います。「つ
ぶすなどとは言わんだろうがね。時はいきものだぜ」
（『ふしぎの国のアリス』）

第一三章

緑チームがんばれ

日曜日の晩、ベテランさんが私にある知らせを持ってきた。翌日の月曜日に予定されていた、最愛なる指導者のおわします錦繡山(クムスサン)太陽宮殿（金一世と金二世がガラスのお墓・執務室の中で氷漬けになって、今なお国政を仕切っている場所）への訪問がキャンセルされたという。

事前に指定されていたとおり、この訪問に備えてよそ行きのドレスを用意し、靴も一足余計に持ってきていた私は、ひどく落ち込んだ。この悲報を無抵抗で受け入れるつもりはなかった。

私　どうしてキャンセルになったの？

ベテランさん　休館になったのです。

私　どうして休館になったの？

ベテランさん　そうです。閉まっているんです。

北朝鮮のすばらしさを一瞬たりとも見逃すことのないように、この国では一時間の自由時間も許されない。わが相棒はすぐさま、いまや空白となってしまった午前九時から午前一〇時の枠を埋めにかかった。

彼女は、次から次へとパッとしない別案を勧めてきた。けれども私としては、記念館のたぐいはうんざりだった。この五日間で米帝に関する展示はいやというほど見てきたので、いまやその一部を信じかけているくらい。なので、ベテランさんがおずおずと「フットボールの試合は？」と口にしたとき（アメリカンフットボールではなく、サッカーのほう）、私は反射的に「じゃあフットボールの試合！」と声を上げていた。

ベテランさんは、追い詰められたような、懇願するような目つきで「どうかフットボールの試合だけはやめてください」と訴えながら、口では「それでいいんですね？　それでいいんですね？」と繰り返していた。

正直、悪いなという気もしたけど、答えはイエス。サッカーでお願いします。あと、一試合を全部見られるようにスケジュールの調整をよろしくね。

慌ただしげな電話のやりとりのあと、ベテランさんがすばらしい知らせを持ってきた。プロのチームによるサッカーの試合が、まさにどんぴしゃのタイミングで予定されているという。つまり、月曜の朝九時に。なんてラッキーなんだろう！

きっかり九時に（渋滞なし！　遅刻なし！）私たちは金日成競技場（スタジアム）のガラガラの駐車場に到着した。五万人を収容可能なこのスタジアムは、サッカーの北朝鮮代表チームの拠点であり、綾羅島メーデー・スタジアムが完成するまではアリラン祭のマスゲーム（毎年恒例の、一〇万人以上が参加する脅威の集団パフォーマンス）の舞台でもあった。

明かりのついていない部屋に通され、スタジアムのスタッフから出迎えを受ける。ガイドたちとスタッフは、階段を少しのぼったところで協議を始めた。そのあいだ、私はエスカレーター（もちろん動いていない。動かせるものは基本的に動かさないのがノコ流だ）の横で待たされていた。

私と運転手が立ちっぱなしで待っているところへガイドたちが戻ってきたのは、一〇分もたってからのことだった。もれなくついてくるスタジアムのガイドとエスカレーター操作員一名をしたがえて、試合のチケットを手にしている。エスカレーター操作員がＶＩＰ用エスカレーターに近寄って動かそうとするが、あえなく撃沈。エスカレーターはびくともしない。そのあいだ、わが一党は満面の笑みを浮かべて立ち尽くし、さらなる緊急協議の必要性を探っているようだった。それからさらに五分間、操作員がなんとかエスカレーターを動かそうと必死になっているあいだ、一同は何事もないかのようにただそこに立っていた。たかが一五段くらい、歩いてのぼればいいのでは？　私のこの提案に、一同はひきつった笑みでうなずいただけだった。

心からホッとしたことに（操作員の狼狽ぶりを見ているといたたまれなかったので）、エスカレーターはようやく稼働を始めた。上に着くまで約四秒間……。二五分間待った甲斐があったというものだ。全員が上の階に到達すると、操作員はすばやくエスカレーターを止めた。廊下を抜けて、色あせたサーモンピンクとミントグリーンに塗られたスタジアムに出る。このとき、ベテランさんが申し訳なさそうにこう言った。「観客はあまりいないかもしれません。なにしろ朝の九時なので、地元の人たちは働いているんです。

今回ばかりはベテランさんも本当のことを言っていた。観戦に来ている人たちはあまりいなかった。ざっと四〇人ほどだったろうか。

私はがらんとしたスタジアムの中をＶＩＰ席（すっかりくたびれた折りたたみ式の椅子）まで案内された。鴨緑江体育団（緑のユニフォーム）と軽工業省体育団（白いユニフォーム）の両チームはすでにフィールドに散らばり、試合を始めていた。

私は鴨緑江を応援することにした。ガイド二人は軽工業省を応援するらしい。数の上では貧弱とはいえ、スタンドの観客からも威勢のいいエールが飛んだ。とはいえ、どちらを応援しているのかはまったくわからなかった。

新人さんは心の底から試合に夢中になっているようで、私のチームがゴールを決め、彼女のチームがゴールを外すたびに金切り声を上げた（「リアルかもしれないコト」リスト入り）。私は敵チームへのブーイングの仕方を新人さんに教え込んだ。試合のあいだずっと、私たちは自分のひいきのチームが得点するたびに片手をＬの字にして相手を「負け犬（ルーザー）！」呼ばわりして過ごした。

一方、ベテランさんは試合の大部分でずっと寝ていた。サッカーは趣味じゃないのかと思いきや、ちょうどひいきのチームが簡単なゴールを外したタイミングで目を覚ました彼女は、間髪入れずにはっきりこう叫んだ。「くそったれ！」

「今、くそったれって言った？」私は弾かれたようにベテランさんの顔を見た。あまりの衝撃に、投げ飛ばされたって気づかなかったかもしれない。ベテランさんの反応は本物で（寝起きだったからこそだろう）、私はこのときほど彼女のことを好きだ（訳：マシだ）と思ったことはない。この瞬間も、私の「リアルかもしれないコト」リストに刻まれた。

私たちと同じＶＩＰエリアにいた軍の将校は、ひいきのチームがミスをするたびに毒づいていた。パンツの裾をひざまでまくりあげ、片脚を反対側の腿の上にのせている。軍服とはミスマッチな白い長靴下が丸見えだ。ひどいプレイミスがあったときは、帽子をつかんで横に投げつけていた。同じ緑チームを応援しているようだったので、私はなんとかお近づきになりたいと思い、しきりにアイコンタクトを送った。しかし、彼は一切、目を合わせようとしない。近くのスタンドではカメラマンが一人きりで立っている。彼のビデオカメラは何年に製造されたものなのだろう？　そもそも彼は、あのカメラで何かを撮影したり中継したりしているんだろ

5426
北朝鮮を撮ってきた！

愛読者カード　ウェンディ・E・シモンズ 著

＊より良い出版の参考のために、以下のアンケートにご協力をお願いします。＊但し、今後あなたの個人情報（住所・氏名・電話・メールなど）を使って、原書房のご案内などを送って欲しくないという方は、右の□に×印を付けてください。　□

フリガナ
お名前　男・女（　　歳）

ご住所　〒　　－

市　町
郡　村
TEL　（　　）
e-mail　＠

ご職業　1 会社員　2 自営業　3 公務員　4 教育関係
5 学生　6 主婦　7 その他（　　）

お買い求めのポイント
1 テーマに興味があった　2 内容がおもしろそうだった
3 タイトル　4 表紙デザイン　5 著者　6 帯の文句
7 広告を見て（新聞名・雑誌名　　）
8 書評を読んで（新聞名・雑誌名　　）
9 その他（　　）

お好きな本のジャンル
1 ミステリー・エンターテインメント
2 その他の小説・エッセイ　3 ノンフィクション
4 人文・歴史　その他（5 天声人語　6 軍事　7　　）

ご購読新聞雑誌

本書への感想、また読んでみたい作家、テーマなどございましたらお聞かせください。

郵便はがき

料金受取人払郵便

新宿局承認

2531

差出有効期限
平成30年9月
30日まで

切手をはら
ずにお出し
下さい

344

東京都新宿区
新宿一―二五―一三

（受取人）

原書房

読者係　行

1608791344　　7

図書注文書（当社刊行物のご注文にご利用下さい）

書　　名	本体価格	申込数
		部
		部
		部

お名前　　注文日　年　月　日

ご連絡先電話番号（必ずご記入ください）　□自　宅（　　）　□勤務先（　　）

ご指定書店（地区　　）（お買つけの書店名をご記入下さい）　帳合

書店名　　書店（　　店）

うか？　しばし考えた末、私は次の結論に達した。最初の質問の答え、ビデオカメラが発明された年。次の質問の答え、いいえ。

後半戦に突入すると、ゲリラ豪雨のように突如として人の大群が出現した。数百人もの観客が北朝鮮スタイル（軍服、制服、もしくは時代を間違えたようなおそろいの衣服に身を包んだ人々が、五、六人×五、六列で密集して隊列をつくっている）で入場し、スタンドにおさまっていく。彼らの大半は、試合ではなく私のほうを見ていた。私の存在に戸惑っているらしい。私だって同じくらい、彼らの登場に戸惑っていた。

この人たちは全員、今日は仕事を上がってもいいと突然言われたのかもしれない。あるいはこれまでの協議の数々が功を奏して、月曜の朝九時に始まるサッカーの「定期戦」には、スタンドにもっと大勢の観客がいたほうが説得力が

あるということに、上層部がようやく気づいたということなのかもしれない。例によって、私にはどちらが正しいのかわからなかった。

実はその日も、アメリカ人帝国主義者にとっては不名誉な記念日のひとつだったのだが、ともあれ私が応援していたチームは勝利をおさめた。

果たしてこの試合は、前もって月曜の朝九時に予定されていた本物の試合だったんだろうか？ たまたまその時間の予定がぽっかり空いていた私はすごくラッキーだったということ？ たしかに私はかなりの強運の持ち主だし（不幸が跳ね返ってこないようおまじないをしなくては）、びっくりするような偶然を引き寄せることも多いので、あり得ない話ではない。

あるいは、この国は私のためだけに、一二時間足らずでサッカーの試合を丸ごと（五〇〇〇人ほど観客が足りないけれど）お膳立てしたということなんだろうか？ さすがにそれは、まともに考えるのすらバカバカしいほど、自己中心的な妄想でしかない……よね？

これぞ北朝鮮ならではのパラドックス。電力（及びその他もろもろの資源）不足にあえいでいる国が、こんな状況をこんなやり方で実現できるなんて信じられないだろう。一方で、人民が政府及び党の所有物であることを考えれば、容易に実現可能だと言うこともできる。上層部の誰かがひとこと、こう発するだけで十分。「君ら五〇〇〇人の民よ、ただちにスタジアムに集(つど)え。今すぐ観客が必要なのだ」

緯度とは何か、また経度とはどういうことか、アリスにはほんのすこしもわかってはいないのですが、それがとてもえらそうなことばのように思えたのでした。（『ふしぎの国のアリス』）

第一四章　「はい、チーズ」

現地ガイドの男性が、朝鮮戦争の「歴史」を解説している。私はなぜだか、彼のことを最初は軍のエリートだと思い込んでいた。解説は次のようなものだった。アメリカ人帝国主義者が戦争を始めた。アメリカ人帝国主義者が戦争に負けた。アメリカ人帝国主義者は戦争に負けて悔しがるあまり、国旗を持って帰るのを忘れた……だいたいそんな感じだ。

まあどうだっていい。事実ではないし、そもそも私の頭を占めていたのは「彼ってハンサムじゃない。独身なのかな？　新人さんとくっつけてみたらいいかも」ということだけだったから。

私は今、DMZ、すなわち非武装地帯にいる。一九五三年の停戦協定以来、北朝鮮と韓国を三八度線で分断している帯状の土地のことだ。世界で最も強固に武装された国境であり、本来、危険地帯であることは間違いない（両国は厳密には戦争状態にある）。にもかかわらず、それを額面どおりに受け取るのはなかなか難しいことだった。お土産屋さんにこんなポスターが売っているんだからしょうがない。

本来、とりわけ深刻に考えるべきものを深刻に考える気をすっかりなくした私は、国境に向かうためにお土産屋さんから車に戻る途中で、どこかの柱を左側に回り込むべきところをうっかり右側に回ってしまった。たちまち兵士とガイドたちがギャーギャーと大騒ぎを始めたので、笑いをかみ殺すのにひと苦労。間違った側を、来たときとまったく同じ足取りで五フィート分歩いて戻らされたので、ますます愉快な気分になる（少なくとも私は）。そのまま左に行けば二フィートですむ距離なのに。

ずいぶん幸先のいいスタートじゃないの。

私のガイドたち、先ほども登場したエリート軍人風の現地ガイド（以下、将校さん）、そして兵士数名に私を加えた一行は一台の車に乗り込んだ。ほかに兵士がもう二人、私たちの前後の車に乗り込む。なんて大層な数の兵士だろう。しかも皆、まじめくさっている。マジで危険な場所なんだろうか？　とはいえ、兵士たちが皆、朝鮮戦争の時代そのままの、サラダボウルを伏せたような巨大ヘルメットをかぶっているのを見ると、どの程度の危険を想定すればいいのかわからなくなってくる。例によって私は、自分で勝手に呼び寄せた疑念の渦に巻き込まれて思考の深みにはまり込んでいった。この場所では何もかもが物々しいのに、実体はまるで見えない。

それとも……実体がないから物々しく感じられるのだろうか？

わがDMZ見学ご一行様は、お土産屋さんから実際の三八度線に向かって南へ三マイルのドライブを開始した。車が走り出したとたん、北朝鮮在来の空飛ぶ昆虫が暴力的なまでの羽音をたてて車内を飛び回りはじめた（それまではリアウィンドウの中に飾ってあった造花か人工ツタの中で休眠でもしていたのだろう）。誰かに狙いを定めて攻撃をしかけてきそうな殺気が感じられたが、ベテランさんも兵士たちも身じろぎひとつしなかった。反対に、私と新人さんは金切り声を上げた。ただの大きなハエかもしれないのに大げさな、と言われても仕方ないだろう。とくにここが世界で最も危険な（とされている）場所だということを思えば、不適切なリアクションだったことは間違いない。とはいえ、虫を追い出したいから車を停めてと頼むのに、私は一分たりとも躊躇しなかった。

このとき、ベテランさんの顔に苛立ちと共に浮かんだ「信じられない」という表情は、めったに見られない貴重なものだったので、私はすぐさま「リアルかもしれないコト」リストに追加した。車を停めてもらえなかったのは言うまでもない。

ベテランさんは、プロパガンダ・トーク（私が発明した新しい言葉。さらに親しみやすい響きにするため、すぐに「プロップトーク」に縮められた）を再開した。三マイルに及ぶＤＭＺの韓国側には、アメリカ人帝国主義者が持ち込んだ武器や爆弾や、その他もろもろの悪いものがひしめいている。一方、北朝鮮側には「戦争に関係するものは何もありません。あるのは美しい農地だけです」と、うっとりした面持ちで彼女は語った。

ベテランさんはさらにおしゃべりを続けた。「私たちの偉大にして寛大なる永遠の指導者、私たちの太陽、私たちの父がこの土地を訪れたとき、武器よりも人民のほうが大切だとおっしゃったそうです。そして、農地に豊穣な実りをもたらすための助言をくださったのです。あの村が見えますか?」

例によって、ベテランさんがなんの話をしているのか私にはさっぱりだった。このときの私はまだ知らない。この日が生涯最高の一日になるということを。

次に立ち寄ったのは、ぽつんとたっている木造の建物だった。中は白く塗られていて、青い枠の窓が壁の大部分を占めている。静かで、穏やかで、平和で、自然光がたっぷり差し込んでくる空間で、私は三八度線に近づくほどに危険から遠ざかっていくような、奇妙な逆転現象を感じはじめていた。

建物の中では将校さんが部屋の歴史を解説し、それを新人さんが通訳した。いつ誰が通訳するかはベテランさんの一存で決まっていて、このときは新人さんの番だった。


新人さんにはどこか通訳として足りないところがあった。英語は十分話せるのに、極端に臆病で、自分を信じることができないのだ。なんのミスもないときでさえ、彼女は自分がミスをしたと思い込んでいるふしがあった。それでも私は彼女が大好きだった。彼女の愛らしさは本物だと思えたから。北朝鮮のように国中がおかしなことになっているところで(無知でクレイジーなカルト信者がテストの満点をとり、『トゥルーマン・ショー』の主人公、トゥルーマン・バーバンクみたいに自分の全人生が大ウソだったと気づくような人が〇点をとる世界)、新人さんは数少ないまともな人間なんだろうと思う。彼女の思想を変えるのはわりと簡単なのではないかと、私は一度ならず考えたことがあった。もしここが、正しい情報を得ることが幻想でしかない北朝鮮という国でさえなければ。

だから、彼女が通訳する番になるたび、私は励ますような表情で微笑み、うなずきながら、集中して話を聞くようにしていた。そんなことをしても、なんの意味もなかったのだけれど。ゴミを入れればゴミしか出てこない、という言葉のとおり、間違った知識を入れれば間違った知識しか出てこない。じきに私は、彼女に伝えたいのにとうてい口にはできないことをテレパシーで飛ばそうと集中するようになった。あなたの国はまがい物で、あなたの偉大にして親愛なる死んだ指導者たちは太陽でも神でもなく、お墓の中から国を動かしているわけでもない。彼らが現地指導中にさずけることのできる有意義なアドバイスなんて、指をさす方法くらいのものよ、と。

新人さんがプロップトークを展開しているあいだ、私は話を聞こうと努めながら、彼女を安心させ、大丈夫よと言ってあげたくてたまらなくなった。そんなにがんばらなくていいから、と。このとき、ベテランさんは表に出て、どこぞの軍人に色目を使っていた。けれど、そんなことはどうでもよかった。

次の場所に移動するために一行が建物を出るとき、私はもう少し部屋の中の写真を撮っていってもいいかと尋ねた。実際には部屋の写真を撮る代わりに、先に建物から出て行ったすてきな将校さんと、誰だかわからないもう一人の男性の写真を盗み撮りした。男性は両手を後ろで組み、将校さんは少しのあいだその腕をつかんでいた。その様子は、将校さんが男性を牢屋へ連行しているようにも見えた。皮肉な眺めに物悲しい気持ちになる……あらゆる意味で、この男性はすでに牢屋に入っているのも同然なのだから。

私はほかのメンバーの後を追い、停戦協定が調印された建物である平和博物館に入っていった。将校さんが言うには、アメリカ人帝国主義者はテントの中で調印を行おうとしたが、偉大なる最高指導者はきちんとした建物の中で調印することを主張したらしい。その結果、合衆国に対する北朝鮮の勝利を永久に留めるこの建物が記念碑として残された。将校さんの説明はさらに続く。北朝鮮の人民はこの建物を調印のまさに前夜に完成させ(はいはい)、アメリカ人帝国主義者は偉大なる最高指導者によってもたらされた屈辱的な敗北に恥じ入るあまり、膝をついて謝罪し、それから旗を忘れて部屋から飛び出していった(とかなんとか)。この部屋にある国連旗がヨレヨレで、かたや北朝鮮の国旗が完璧な状態に保たれている理由についても、同様にくだらない説明がなされた。

私は自分の直感を信じているし、人を見る目もあると自負している。だからこそ、知的でやさしく、男らしい人物のように見受けられる将校さんと、その口から出てくる言葉の数々をどうしても一致させることができなかった。彼は本当に、この説明を全部信じているんだろうか？　アメリカ大統領がラジオに出演して、リンゴとオレンジが合意に達していよいよクーデターを起こそうとしているから警戒せよ……と大まじめに話しているのを聞いている気分だ。私はすっかり混乱してしまった。

改竄（かいざん）された歴史の講釈が続く中、私たちのささやかなパレードは三八度線に向かってさらに南下し、かなり大きな駐車場（もちろん車はほとんどない）に到着した。坂を少し下って角を曲がり、金日成の最後の署名（死ぬ前日のもの）を刻んだ記念碑の前を通り過ぎる。現地ガイドはいったんここで足を止め、石に刻まれたやんごとなき署名を数分間眺めるための時間をとった。それがノコの流儀だから。

沈黙を破ったのはベテランさんだった。どうやら北朝鮮側の旗竿のほうが韓国側の旗竿よりも長い、という話をしているようだ。交互に旗竿を指さしながら話すトーンがあまりにも自慢げなので「やーいやーい」と言っているように聞こえる。やれやれ、と私は思った。ここでの争いの元凶が旗竿の長さということなら、人類はもう終わってるわ。それから頭を振ってこの考えを振り払い、次に控えるメインイベントの場へと向かった。

私の一行に付き添っている一〇人かそこらの兵士を除いて、共同警備区域（ＪＳＡ）はほぼ無人だった。日曜午後の、郊外のオフィス街みたい。誰もいないし、何も起こらない。「皆どこにいるの？」戸惑いとガッカリ感を隠そうともせず、私は尋ねた。「もっと怖い場所かと思っていたのに」誰も答えようとはしなかった。バカな質問をすれば、この国ではただバカだと思われるだけなのだ。

北朝鮮と韓国の境界線をまたぐように、青い本会議場が建っている。DMZを訪れるすべての観光客と同じように、私も自分がいる側、つまり北から入館した。通訳の席に座ると、左手に韓国、右手に北朝鮮という位置どりになった。あまりにも多くの苦しみと死をもたらした、くだらない、バカげた境界線が、ただなんということもなくそこにある。境界線越しに将校さんと握手している写真を新人さんに撮ってもらい、私が将校さんとその僚友の写真を撮っているあいだ、北朝鮮の兵士たちはじっと韓国の兵士たちに目を据えていた。軍関係者の写真を撮ることは厳しく禁じられていると言われていたけれど、ここ三八度線にいる兵士たちは、なぜか誰も気にしていないようだった。

本会議場の外に出て北朝鮮に戻ってくると、間違った道を選んでしまったときのような、奇妙な高揚感に襲われた。裏切り者になったような、あるいは戦利品代わりの捕虜として引き回されている

ような気分。ここから脱走して反対側に駆け込んだらどうなるの？　と、新人さんに聞いてみる。
「撃たれますよ」彼女はただそう答えた。

北と南を隔てる、この忌まわしき青い建物の前で記念撮影がしたかったので、私は少しのあいだあとに残って新人さんに写真を撮ってもらった。兵士たちとほかのガイドは先に進んでいた……と言ってもせいぜい広めの三歩くらいのものだったけれど、私が一一秒間遅れていると見るや、写真にも写っているとおり、兵士の一人が私を引っ立てに戻ってきた。どうやら一一秒でも長すぎたらしい。ジョークのように見えて、やはりＤＭＺはジョークではすまなかった。

重苦しい雰囲気の板門閣（パンムンガク）は、北朝鮮側最大の建物だ。中に入ると照明はすべて消えていて、廊下も吹き抜けも薄暗かった。ＤＭＺのほかの場所と同様に、私たちのグループを除けばまったくひとけがない。皆、地下シェルターに隠れているか、私たちの目の届かない建物のどこかにいるのかもしれないけれど、いずれにせよ緊迫感あふれる情報局の姿からはほど遠い。

新人さんと私は、急にトイレに行きたくなった。これは予定外の行動だったので、どのトイレを使うべきかで延々と議論が交わされ、さらにトイレの鍵の捜索が延々と行われることになった。かび臭いトイレは中学時代のトイレを思わせたが、ここでも

電気と水はなかった。除菌ローションを新人さんに手渡しながら聞いてみる。トイレのあと、いつも手を洗えなくてうんざりしないの？　新人さんは、今では私にもその意味がわかるようになった「ハイと言うわけにはいかないんですよ」という顔をしたあと、慣れた手つきで嬉しそうにローションを使った。

板門閣を出て車に向かう途中、私は突然、車にインスタントカメラを置きっぱなしにしていたことを思い出した。私の旅にインスタントカメラはつきもので、カメラが貴重品、贅沢品である国ではとくに重宝している。私のために気前よくポーズをとってくれた人たちの写真を撮って、お返しに写真をプレゼントするのがお気に入りだ。

北朝鮮でも、私は相手の心を開くためにインスタントカメラを活用してきた。誰もこんな物を見たことがないらしく、私が写真を撮るたびに、人々は目の前で魔法のように画像が浮かび上がってくる様子をあっけに取られた表情で眺めていた。最初は、出会った人ごとに二枚写真を撮るつもりだった。一枚は自分のために取っておき、一枚は相手に渡すという、一種の草の根交流だ。けれども、これは北朝鮮では不可能だということが判明したし、ふたを開けてみれば、なんの見返りも求めず、紙に浮かび上がった自分の姿に驚いたり喜んだりする人々をただ眺めていることのほうが、よっぽど楽しくすてきなことだった。

私はベテランさんに、なんとか数分間待ってちょうだいと頼み込んだ。車からカメラを取ってきて、将校さんと兵士たちの写真を撮りたいから、と。いいですよ、とベテランさんは答えた。彼女もインスタントカメラの大ファンだった。

インスタントカメラのしくみや、これからしようとしていることを、私が勢い込んで説明して回っているあいだ、周囲にはちょっとした緊張感が漂っていた。物わかりの悪い兵士たちは、今にも私を撃ち殺すべきかどうか議論を始めそうな雰囲気だった。このときに限って、ベテランさんは何も口を出そうとはしなかった。

命の危機を察知した私は、ベテランさんに通訳を懇願した。彼女はやる気がなさそうにこれに応じ、私の独り相撲は幸いにも終わりを告げた。とはいえ、インスタントカメラを使うことが規律違反になるのかどうかは誰にもわからなかったようで、兵士たちは皆、自分の持ち場に留まっていた。一、二分のあいだ、誰一人、ぴくりとも動かなかった。

そのとき将校さんが、私が想像していたとおりの男気を発揮して、勇敢にも写真に撮られようと前に進み出てきた。真っ白な印画紙をつかみ、魔法が起きるのを待っているあいだ、私たちは肩をくっつけ合って立っていた。ついに将校さんの姿が出現したとき、彼の顔に浮かんだ満面の笑みを見て、私は声を上げて泣き出しそうになった。涙ぐんでいたのは間違いない。将校さんは近くにいた兵士に写真を見せ、それから少し離れた兵士たちにも見せに行った。彼らの興奮ぶりは間違いなく本物だった。兵士たちのあいだで伝言ゲームが交わされ、最終的には全員が（文字どおり一人残らず）持ち場を離れて列に並び、私が「はい、チーズ！」と言うのを待つことになった。

さっきまで、お土産屋さんの脳天気なポスターが、今日のハイライトになってしまうところだったなんて信じられない。

ＤＭＺへのシュールな訪問が終わりを告げようとする中、私はさまざまな感情と、相矛盾する思いの数々に浸っていた。ともあれ、「何事も深刻に考えすぎたくない私」は今日の成果に大いに満足していた。結局のところ、九八ドルのインスタントカメラひとつで、北朝鮮のＤＭＺ警護部隊を丸ごと武装解除させることに成功したのだから。

こういうすべてを、アリスはまるで絵を見るようにながめておりました……なかば夢見るように、ものうげな歌のしらべに聞き入っているのでした。(『鏡の国のアリス』)

第一五章　壁にぶち当たった日

今回の旅で訪れる場所を決めるために候補地のリストを渡されたとき、「コンクリート壁」を選んだ記憶はない。コンクリートの壁がそもそも私の興味をひいたはずもない（「ペンキが乾くのを見学する」のとそう違わないだろう）。けれども、その場所はＤＭＺを訪れた翌日の予定表に入っていた。本音を言えば、これまで私が連れ回されてきたつまらない場所（祖国解放戦争勝利記念館なんて、その最たるもの）と比べれば、ぜんぜんマシに思えた。

新人さんはなぜかコンクリート壁への訪問をやめさせたがっているようだった。私としては、何がなんでも行きたかったというわけではないし、そもそもコンクリート壁がなんなのかも（コンクリートの壁であるということ以外は）さっぱりわからなかったのだけれど。

新人さん　コンクリート壁に行きたいんですか？

私　どうかしら。というかコンクリート壁ってなんなの？

新人さん　コンクリートの壁です。

私　よくわからないわ。ただのコンクリートの壁なの？

新人さん　そうです。

私　どうしてわざわざコンクリートの壁を見に行ったりするの？

新人さん　（くすくす笑って肩をすくめ、「困りましたね……どうしてコンクリートの壁を見に行くのかなんて、私にだってわかりませんよ」という顔で）壁は見えないんです。

私　壁が見えないってどういうこと？　ぜんぜんわからないわ。私たちはコンクリートの壁を見に行くんじゃなかったの？

新人さん　壁はとっても遠いんです。穴からのぞくんですよ。

私　穴から壁を見るってどういうこと？

新人さん　（またもくすくす笑い、口元を手で覆って、正しい言葉を探し求めるように空を見上げる）えーと、壁はとっても遠いんです。だからのぞくんですよ、あれを……

私　双眼鏡？

新人さん　（パッと顔を輝かせて）そうです！　双眼鏡をのぞいて壁を見るんです。でも壁は見えないんですよ。

オーケイ、了解。私たちは双眼鏡でも見えないコンクリート壁を見に行くってわけね。ようやく意思疎通ができた喜びで、そもそも彼女の言っていることが意味不明だということを一瞬忘れかけてしまった。

私　つまり、私たちが見に行くコンクリートの壁は、双眼鏡でしか見えないけれど、双眼鏡を使っても見えないということなのね？

新人さん　（「ええ……バカみたいだって思うでしょ」とでも言いたげなそぶりで手を動かしながら）まあ、そんな感じです。

なんとなくきまり悪げな表情だ。

このまま質問を続けても新人さんを泣かせてしまいそうなので、私は質問の方向を変えることにした。

「ここから近いの？」そのとき、私たちはまだＤＭＺにいた。

新人さん　いーえ、すごく遠いです。開城に戻るのに一時間以上、そこから壁までさらに一時間かかります。それと、道はボコボコです。あまりいい道路じゃないです。

なにそれ、めっちゃワクワクしてきたんですけど。

「じゃあ、私たちはここから開城まで戻って、さらに一時間かけてボコボコの悪い道を通ってコンクリートの壁まで行くけれど、その壁は双眼鏡でしか見えず、しかも双眼鏡でも見えないのよね？　それで結局、何が見られるの？」

新人さん　壁です。

くすくす笑いと困惑のジェスチャーのミックス。

わかった、乗るわ。というわけで私たちは出発し、DMZを出て開城へ向かった。開城の中心部付近に来たとき、小さな建物の前で運転手が車を停めた。建物から出てきたのは、七〇代かそこらに見える（自信はない）軍服を着た紳士だった。彼は軽い足取りで車に近づくと、私たちに合流した。

この紳士には、会ったとたんに人の心をつかむ何かがあった。やさしげな瞳と、全身から発せられる温かみのためだろうか。それとも、二サイズは大きいぶかぶかの軍服を着た姿があまりに切なく、いとおしくて、思わずぎゅっとしたくなるからだろうか。服を着たまま、中で縮んでしまった人みたい。

紳士は心を込めて私の手を握ると、ナントカ大将であると自己紹介し、すぐさま私を質問攻めにしだした。といっても北朝鮮人の大半がするように、会ったとたんに尋問口調で質問の集中砲火を浴びせる（朝鮮に来たのは初めて？　韓国に行ったことはある？　朝鮮語は話せる？　日本に行ったことある？　どこから来たの？）というおなじみのスタイルではなかった。

そうではなく、大将の質問はとても親身で、本当に私のことを知りたいと思っている感じが伝わってきた。キムチは好きかな？　朝鮮の音楽は気に入った？　一人で旅しているの？　なぜ一人旅を？　一人旅は楽しい？　不安になったことはない？　新聞は読んだかい？

曲がりくねった田舎道をコンクリート壁に向かってドライブしているあいだ、大将の穏やかな質問は途切れることがなかった。

仕事は何を？　仕事は好きかい？　仕事はできるほう？　従業員は何人？　学校では何を専攻したの？　これまでどこに住んだことがある？　住んでいた場所は好きだった？　そこは寒かったのかい？　何をするのが好きなのかな？

質問のあいまに、大将は娘さんの話や、彼自身のこともちびちびと話した。ベテランさんと新人さんが交替で通訳し、ベテランさんがはしょったところは新人さんが補足してくれた。

それから、大将は私のことを称賛しはじめた。通訳に新人さんを指名して、こう言ったのだ。

「あなたはとても勇敢な女性だ。こんな危険な場所にたった一人で来るなんて」

勇敢という言葉を聞いて、ベテランさんは目をむいた。

ドライブのあいだずっと、私たちは女子高生のようにおしゃべりを続けた。新人さんの通訳が間に合わないとき、大将は直接、私に話しかけた。そのやさしげな態度と魅力的なルックスに、私はすっかりやられてしまった。

約一時間後、私たちの車は標識のない、でこぼこした急坂に入っていき、曲がりくねった道筋を一気にのぼって頂上へ向かった。

頂上に着いて階段をのぼると、木々や畑、なだらかな丘や点在する雑木林を背景に、簡素な建物がたっていた。風の音以外は何も聞こえない。私が勝手に想像していた大将の人生そのもののように寂しげな風景だった。

大将は私たちを建物の左側にある部屋へと案内した。私たちは着席し、大将が「コンクリート壁」の一人芝居を演じるのに見入った。すばらしい名演技だ。指さしとジェスチャーをたっぷり交え、ジェスチャーが出尽くしたところで、大将はおごそかな面持ちで壁のすべてを語りはじめた（現地女性ガイドに特有の、切羽詰まったようなひそひそ声の男性版で）。

一九七〇年代の末、米帝（この言葉を口にしながら、大将は申し訳なさそうな視線を私によこした）の強い要請により、韓国側はDMZ全域に沿ってコンクリートの壁を建造した。壁の高さは一六・五～二六フィート（場所によって違う）、厚さは底部が二六フィート、上部で二三フィート（逆だったかも。新人さんが通訳していたのではっきりしない）。なんらかの事情により韓国側からは壁が見えない。この部分もよくわからなかったけれど、これは新人さんの通訳スキルのせいではないだろう。説明そのものが意味不明なんだから。

「コンクリート壁」の第二幕の途中で、私はふと、この壁についてこれまで一度も聞いたことがないことに思い当たった。おかしな話だ。半分以上のエピソードを見逃した『ゲーム・オブ・スローンズ』に出てくる壁のことだって、もっと詳しく知っているくらいなのに。この「韓国の壁」が、歴史上のなんらかのタイミング、たとえばベルリンの壁が壊されたときなどに注目されることがあってもよかったのでは？

けれども、すでに私は大将のことを彼氏も同然に感じていたので、彼を応援しなくてはいけないような気分になっていた。この壁は「米帝（ふたたび申し訳なさげな目つき）が韓国の腰の周りに締め上げたベルト」（とかなんとか。このときも新人さんが通訳していた）であり、米帝（またしても例の目つき）が「祖国の統一を阻もうとしている」ことの証拠である、と彼が言い張っているのだとしても。ぶかぶかの軍服を着た大将はあまりにも孤独に見えた。なので、私は口をつぐんで大将の出し物を見守った。

大将が語り終えると、私たちはパティオ（という名の物々しい展望台）に出た。外周に沿ってポールに取り付けられた双眼鏡が四、五台並んでいる。きっと、七〇〇年も前に製造されたものだろう。どの双眼鏡も傷だらけで、隣に行くほどひどい状態になっていた。

大将は双眼鏡のひとつをじっとのぞき込み、数分かけてじっくりと、方角を少しずつ調整した。それから私に中をのぞくように言った。双眼鏡が向いている方角の地平線を指さし、英語で「壁（ウォール）」と言った。

私は目をこらした。さらに目をこらし、もっと目をこらした。新人さんの言っていたことは正しかった。私は穴を通して、見えない壁を見つめていた。

大将を傷つけたくなかったので、私は自分を悪者にすることにして、申し訳なさそうにこう言った。「目がとっても悪いんです」。お金をかけてもう少しマシな双眼鏡を用意すれば、本当に壁が見えるわずかな可能性だってあるのでは？　とは言わなかった。疑わしきは大将の利益に——まだそう思っていたから。

大将は隣の双眼鏡に移動して、ふたたびじっくりと方角を調整した。のぞき込んでみると、今度は何か壁のようなものが見えた気がした（幻？）。とはいえ、あまりに遠すぎたし、ものすごく小さかったので、本当に壁なのかどうかわかりようもなかった。

大将が慎重な手つきで南の方角へと向けた三つ目の双眼鏡をのぞき込んだとき、私はギョッとした。レンズを通して見えていたのは韓国側の巨大な駐屯地で、何人もの兵士たちがまっすぐに私を見返していた。

私はその眺めにくぎづけになった。なんてことだろう！　南側の兵士たちの一挙一動から着ている服まで丸見えだ。もちろん、向こうにも私が見えているだろう。それも、目の前にいるくらい鮮明に。きっと南側には、はるかに性能のいい双眼鏡があるはずだから。

彼らには私がアメリカ人だとわかっているんだろうか？　DMZで北側にいた、あの裏切り者のアメリカ人だって。手を振るべきかしら？「ねえ、そっちのみんな。知りたいなら教えてあげるけど……こっちはサイテーよ」と書いた看板でも持って？

北側の年老いた将校一人に対して、南側には少なくとも……うーん、四〇人は兵士がいるようだった。全員が銃を持ち、兵士らしい装備で、スタイリッシュなガラス張りのX型をした建物に詰めている。建物の外側は白っぽく、内側は青く見えた（双眼鏡の光の加減かもしれない）。あちこちから塔のようなものが突き出していて、コンピュータの画面や椅子も見えた。それと、あちら側には車が走っている高速道路があった！

私の心が読めるくらい絆が深まっていたのか、いとしの大将は新人さんに何かを伝え、新人さんは次のように通訳した。「大将はあなたの勇気に敬意を表し、南から流れ弾が飛んできても自分が必ず盾になると言っています」

これを聞くと、ベテランさんはきびすを返して建物の中に戻っていった。私は心の中で笑い死んだ。

「ありがとう。どうか大将にありがとうと伝えてちょうだい。すっかり安心したわ。本当にご親切なのね」（大将は壁なんてないってことを知っているんだろうか？　というか、壁はないのよね？　壁がなくて、大将もそれを知っているんだとしたら――それでもまだ彼のことを好きでいられるかしら？　それとも大将は壁があると思い込んでいて、でも実際には壁はないとか？　だったら、どこかおかしな人ってことになるよね。それってすごく気の毒だし、なんとか力になってあげたい。でも、だからこそ最初に会ったときからあんなに愛想がよかったのかも。観光客に気に入られようとしていたんじゃないかな。でないと誰も壁なんて見に来ないもんね）

幸い、このとき大将が突然、歌いはじめたので、私の結論先取り思考は中断された。

大将が歌い終わると（ほんの数小節だったけれど、彼がこの一人芝居の主役に抜擢された理由はよくわかった）、新人さんが草の上でツーショットの写真を撮りましょうかと言ってくれたので、ありがたくお願いすることにした。この旅行中に知り合った中で、いちばん友好的な人物の一人が軍の大将だなんて、なんという皮肉だろうと思いながら。

開城へ戻る道でも、車の中は行きと同じ配置だった。大将は私への質問タイムを再開した。これまで何カ国を旅したのかな？　どの国がいちばん好きだった？　再訪したいと思うのはどの国？　いつかまた朝鮮に戻ってくるかい？

最初に大将と出会った場所まで戻ってくると、運転手は車を停めた。このときは私たち五人全員が車から降りた。

私はすぐに人を好きになるたちだ。部分的に、かつ状況に応じてではあるけれど。うまく説明できないのだけど、このときも大将にさよならを言うことに深い悲しみを感じながら（ほとんど泣いていた）、もう二度と会えないだろうということはまったく気にならなかった。

私は大将と向かい合って立ち、握手をかわした。お会いできて本当によかった、と私は言った。正直、名前とメールアドレスを聞きたくてたまらない。いくつもの国で、何百人もの人たちと、何百回となく繰り返してきたことなのに。

でも、ここは北朝鮮だから。

最後にもう一度、私のことを勇敢な女性だと新人さんに伝えると、大将は別れの挨拶代わりにニカッと笑った。

残されたメンバーと私は車に戻り、平壌を目指した。すてきな一日の最後に誰もがするように、私はその午後のハイライトを声に出して数え上げ、歌う大将を一位に挙げた。

ベテランさんは興味なさげに手を振って、フン！　と鼻を鳴らすと、ネコのような無表情でこう言った。「あら、あのひとは女性の前ではいつも歌うんですよ。カラオケ大将と呼ばれているんです」

ベテランさんがこんなに意地悪なのは、女子トークが嫌いなのか、それとも私が彼女より大将を気に入っていると感づいたせいなのか。どちらかはわからないけれど、いずれにせよこの程度で傷ついた顔を見せるつもりはなかった。

「ふーん」私は静かにその言葉を受け入れ、力なく笑ってみせた。「すてきな人じゃないの」

私はふたたび心の中で死んだ――今度は悲しみのあまり。いちばん恐れていたことが事実になったから。キュートで、愛想がよくて、ぶかぶかの服を着たいとしの大将ですら、信用してはいけない相手だった。彼はどんな女の子の前でも歌うのだ。

私は壁に行ったのかもしれないし、行かなかったのかもしれない。その壁は存在するかもしれないし、存在しないのかもしれない。壁が存在することを新人さんは知っていたかもしれないし、知らなかったかもしれない。そのことを私に教えようとしたのかもしれないし、しなかったのかもしれない。大将はボケていたのかもしれないし、キツネみたいに老獪だったのかもしれない。あるいは「壁を見た」派の人間をノルマまで増やさないと殺すと脅されていたのかもしれない。彼は心から親切にしてくれていたんだろうか。それとも私の一票を確保したかっただけなのか。

私は壁にぶつかった……またしても。

失意を隠そうと努力したにもかかわらず、ベテランさんは私の異変に気づいたに違いない。彼女は私を見てこう言った。「疲れてませんよね？　次は遊園地ですよ！」

「わたしにだって考える権利くらいあってよ」とアリスはするどく言い返しました。
（『ふしぎの国のアリス』）

第一六章 脳をムダづかいしてはいけない

この国で、私のような観光客に対してもスパイ活動が行われているのかどうか（もしそうなら、どの程度、行われているのか）を探りだそうとするのは、精神的マスターベーションに延々と燃料を投下するようなものだ。

反北朝鮮的、あるいは反偉大なる指導者的と見なされそうなあらゆるものは、国内への持ち込みを厳しく禁じられている。とはいえ、あまりにあからさまなアイテム（北朝鮮がいかにヒドいかを書いた本とか）でもない限り、「反」に相当するものを正確に見きわめるのは難しい。この北朝鮮訪問のほんの二カ月前、アメリカ人（帝国主義者）の観光客、ジェフリー・フォウルが「ナイトクラブ」のトイレに聖書を置きっぱなしにしたという容疑で逮捕、拘束される事件があった（幸いすぐに釈放された）。このニュースを聞いた私は用心に用心を重ねるようになった。忘れ物すら誤解の原因になることがはっきりしたから。

なので、薄っぺらい朝鮮語の会話集を持ち歩くのが面倒くさくなったときも、ゴミ箱に捨てるのは踏みとどまった。メイドに見つかって、観光客ゲシュタポ（実在するのかどうかは知らないが）に手渡され、気づけばビル・クリントンが私の釈放を交渉中、なんてことになったら目も当てられない。そこで、捨てる代わりにその本をビリビリに引き裂いて（ソフトカバーだったので助かった）ホテルのトイレに流した。完璧な仕事ぶりに満足すると同時に、被害妄想をこじらせたバカになった気分だった。

私は相当の気配り人間で、常に感覚を研ぎすまして行動している。周りで起きているあらゆることに自然と注意を払うことができるし、他人の感情表現や身体表現を非常に敏感に察知できる。自分の考えや感情を表に出すことが、どんな結果を招くのかもわかっているので、振る舞いかた、性格、話し方、その他もろもろを、必要に応じて加減する方法も心得ている。なので、始終見張られているという状況は、理想的ではないにせよ、我慢できないというほどでもなかった。ただ、周囲で何が起こっているかまったくわからないことだけは、我慢ならなかった。

人民大学習堂の「ギフトショップ」で、私はしゃれのつもりでトートバッグを買った。一九六〇年代にジェットセッターがよく使っていた、パンナム航空の機内持ち込み用バッグと同じスカイブルーのナイロン製トート。ただし、私が買ったものには「平壌でまたお会いしましょう」という文字が入っている。買ったときにはとても愉快な文句だと思っていた。アメリカに帰ってこれを使うたびに、つい笑ってしまうに違いない。けれども何日かあと、とりわけハードな「北朝鮮にはもうウンザリ」という一日の終わり、妙香山（ミョヒャンサン）の近くにあるホテルの部屋に座って、いまや不快でしかないこの土産物をあと一分でも手元に置いておくことを考えると（ましてニューヨークに持ち帰って使うことを思うと）、お腹にずしんとくるものがあった。

バカげた考えだというのは承知していたので、私は自分に言い聞かせた。「いくらノコだって、買ったばかりの平壌礼賛グッズをホテルの部屋に置いていったというだけの理由で罰せられるような法も判例もないはずよ――むしろ置いていったほうが喜ばれるかも。だからといって、どうしてわざわざ危険をおかすの？　あと二日半でこの国とはおさらばなのに（!!!）　このつまらないバッグを四日間ずっと持ち歩いていたわけでしょ。ほとんど重さはないし、スーツケースのポケットに入れておけば、持っていることなんて忘れちゃうわよ。ごちゃごちゃ言わずにお利口になって、バッグをスーツケースにしまいなさい。北京に着いたらすぐに捨てりゃいいじゃないの。よくって（サヴァ）？」


よくない（ノン）。代わりに私はホテルの部屋にバッグを「隠した」。正確に言えば、使っていないほうのベッドの向こう側にバッグをそのまま放り出しておいた。ここなら、私が出発したあとに誰かが部屋に入ってきても、さっと見回したくらいでは目に入らないはず。仮に見つかったとしても、スーツケースを詰めなおすときかなにかにうっかり床に落としてしまったんだと思われるだけだろう。逆に、ベッドの下に押し込んだりすれば、わざと隠そうとしたのが丸わかりだ。

内なる理性に対するこのささやかな抵抗は、妄想の爆発を未然に防ぐための一手だったのか。それとも、自分をしっかり持っている人間でも、不合理な思考や感情（何かを見ることが一秒だって耐えられなかったり、その何かをスーツケースにしまいさえすれば見ることはないとわかっているのに、ただそこにあるだけで気になったり……）に屈せずにいられるとは限らないことを証明しただけなのか。たぶん、どっちも少しずつ正しい。いずれにせよ、「また平壌でお会いしましょう」バッグを妙香山から持ち出すという選択肢はあり得なかった。

翌朝、運転手と新人さんと私は駐車場で車に荷物を積み込んでいた。けれども、ベテランさんの姿はどこにも見えなかった。ようやくホテルから出てきたとき、ベテランさんはまっすぐに私を見て言った。「忘れ物はありませんか？」ごくふつうの問いなのは間違いない。ただ、これまで彼女はそんなことを聞いたりしなかった。

「ええ、ないわ」私は自信たっぷりに答えた。それが真実だと半ば信じながら。

ベテランさんは念を押した。「間違いなく？」

「ええ、間違いないわ」私の答えはブレなかった。パンナム航空のパチモンごときに身を破滅させられるわけにはいかない。

「部屋は全部見ました？　何も残っていませんね？」最後にもう一度（であることを私は願った）ベテランさんは繰り返した。

もはや私は完全に開きなおっていた。私には守るべきストーリーがある。「ええ、間違いなく全部持ってるわ」。これで運命は定まった。どちらの方向になのかはわからなかったけれど。

私とベテランさんの目が一瞬ぶつかったとき、ホテルから従業員の女性が走り出てきた。大声でベテランさんの名前を呼んでいる。ベテランさんは振り返って、女性のほうへ戻っていった。協議が始まったようだ。

くそ！　私は内心毒づいた。マズいことになってきたかも。

このとき私は、会話集を一五分もかけて破いてからトイレに流すことを思いついたのと同じ脳の部分で、なぜ同じことをトートバッグでもやらなかったんだろうと考えていた。どうかお願い。私は心の中でとなえた。どうか私たちを車に乗せて出発させて。

私は新人さんに向かって万国共通の「何がなんだか」という顔をしてみせると、声に出して何かあったの？　と聞いた。私たちはいまや相棒同士で（少なくともベテランさんが見ていないところでは）、お互いの幸せのために心を砕いていた。新人さんはまた、私にとって危険探知機のような存在でもあった。彼女の表情と反応を見ていると、次に何が起きるのが予想できた。しかしこのときは、彼女は両肩をすくめて、「わかりません」と答えただけだった。そこで私たちは車に乗り込み、運転手と一緒に待つことにした。

平壌で買ったバッグをこの土地に残していくのがタブーだったのかどうかは、結局わからずじまい。協議を終えて車に戻ってきたベテランさんは、私の隣に座ると一ドル札を二枚差し出し、「お釣りです」とだけ言った。前の晩に買ったペットボトルの水の数に計算間違いがあったらしく、レストランのスタッフが料金を取りすぎていたらしい――そんな話だった。

「ありがとう」と私は答えて、深く息をついた。車が走りだすと、またしても妄想狂のおバカさんになった気がしてきた。

ノコでは、ほかの観光客も似たような妄想にとらわれているという事実に、私はささやかな慰めを見出すことにした。ある午後のこと、沙里院（サリウォン）の民俗村でピクニックをしていると、オーストラリアから来たという四人家族と遭遇した。当然ながら、ガイドたちはそばを離れようとしなかったので、私たちは互いに自己紹介をし、あたりさわりのない社交辞令（北京経由でいらしたんですか？　どの町を回りました？　ホテルはどちら？）を交わした。一一秒で終了した、私たちの「自由な会話」はこんな感じで進んだ。

私　ところで朝鮮は気に入りました？

彼ら　（つくり笑いと、訴えるようなまなざしで）すばらしいですよ！　あなたはどう思います？

私　（つくり笑いと、訴えるようなまなざしで）同じく。本当にすばらしいですよね！　すごくたくさん発見があると思いません？

彼ら　（私たち五人にしかわからない……と思いたい、かすかな皮肉を込めて）まったくですね！

私　（同じくほのかな皮肉を込めて）この国をすみずみまで見て回るのに、一〇日間というのは最適な期間だと思いますよ。

彼ら　ええっ！　一〇日間ですって……。それはかなり長いですね。

私　ええ、まったく。

誰か助けて。

……そして幕。

ガイドたちに行動や会話を逐一チェックされていても、ホテルの部屋が盗聴されているとまでは考えたことがなかった。いや、なかったと言えばウソになる。けれども、部屋の中では一人きりだし、声に出して何かを話すこともない。外部に電話することもできなければ、インターネットもなく、テレビで何をやっているかは向こうも知っているはずだし、電子機器は空港に着いてすぐにチェックされているので、私がパソコンその他の通信機器を持っていないのは明らかだ――なので、私は盗聴の可能性を除外した。だって、盗聴したって意味がないじゃない？

どのみち、私はほとんど部屋の中にいなかった。いたとしても、寝て、本を読んで、服を着て、服を脱ぐ以外のことは何もしていない。高麗ホテルの2－10－28号室に限り、これに「ＢＢＣを見る」というのが加わるくらいだ。

ある午後を除いては。

アメリカ軍による戦時下の残虐行為が展示されている信川博物館への訪問を私が拒否したので、その日は予定よりも早く平壌に戻ってきた。スケジュールを組みなおすのにベテランさんは最大限の努力をしてくれたが、次なるイベントである「パラダイス・バーで生ビールを楽しむ」

は、思ったほど楽しくなかった。建物の中は暗く凍りつくようで、わがクルーは天井高く吊り下がっている小さなテレビ（私の背後にあった）にくぎづけになっている。朝鮮語の字幕つきで中国のドラマをやっていて、全員が夢中になっているらしかった。ようやくドラマが終わったので、私はホテルに戻ってもいいかしらと聞いた。「夜にはもっと人がいるんですよ」ベテランさんは力強く言った。どうでもいいわ、と思ったけれども口には出さなかった。そして私たちは店を出た。

高麗ホテルの「いまやすっかりなじみの存在になっていて自分の家みたいに思えるけれども本当に自分の家だったら死にたくなる部屋」に戻ってきた私は、ベッドに横になり、ほろ酔い気分で、真っ昼間に自分一人でダラダラするという、予想外の夢のようなひとときをかみしめていた。BBCを見る気にも、読書をする気にも、これ以上ボキャブラリーを増やす気にもなれなかったので、「ラウンジ」に移動して外を眺めることにする。アイフォンに挿したイヤホンから音楽を聴いていると、北朝鮮に着いてはじめて、あることを思いついた。イヤホンを外せば、音を出して音楽が聴けるじゃないの。

どうしてもっと早く思いつかなかったんだろう！

さらにいいことを思いついた……ヨガをやろう！　こちらに来てから一度も運動をしていない。気持ちが沈むのも当然だ。ヨガならいい息抜きになるに違いない。脳にだって休息が必要よ。エクササイズ用の服を持ってきていなかったので、私はブラとパンツ一丁になった。自分でつくったヨガ用のプレイリストをセレクトし、アイフォンを壁に立てかけ、再生を押し（音が大きすぎないように気をつけて）、自己流の「下向きの犬のポーズ」を開始した。

　しかし、準備体操の太陽礼拝が半分も終わらないうちに、大きな音を立てて部屋のドアが開き、何者か（たぶんメイド）が押し入ってきた。


　ふーん……やっぱり盗聴されてたってこと？

　それとも……？　ほかにどんな可能性が？

　私は床から飛び上がり、闖入者の顔をあんぐりと眺めた。その瞬間はすっかり混乱していて、何を言えばいいのかわからなかった。「運動してるの」かろうじて、それだけを口にする。「音が大きすぎたかしら？」とはいえ、このフロアに私しか泊まっていないことは先刻承知だった。

　メイドは部屋の中まで入ってきて、裸も同然でVの字にふたつ折りになっている私を見下ろした。このスパイ行為に及ぶ以前にヨガを経験していなければ、さぞ困惑したに違いない。彼女は何か聞き取れない言葉をつぶやくと、部屋から出て行ってドアを閉めた。ほかのさまざまな謎と共に、ひとつの謎が残された。あの人は、どうやってあんなに早くドアを開けることができたんだろう？　鍵を使って開けるのだって、その倍以上の時間がかかるのに。

　私としてはぜひヨガを続けたかった。「彼ら」がどう出るのかを知りたいという、ただそれだけの理由で。けれども、私は考えすぎることに疲れ果てて（というよりうんざりして）いた。偉大にして親愛なる亡き指導者たちがあらゆる場所に存在するこの国では、心の平穏を得ることなんて絶対ムリ……少なくとも私は。

それでもなお、私は最後にコンマ一秒だけ自分に考えることを許した——被害妄想にとらわれているわけではないとしたら、やっぱり「彼ら」は警告しに来たんだろう。彼らの国の客として、ヨガもまたやってはならないことだ、と。そこで、私は音楽を止め、服を着て、ふたたび外を眺めることにした。

「人がかっかとおこるのは、いつもたぶんコショウのせいなのよ」アリスはあたらしい種類の規則がみつかったので大満足で、言いつづけました。「酢のせいでみんなすねるし——カミツレはにがいから、にがい顔になるし」(『ふしぎの国のアリス』)

Hello!
KELEISIBO

第一七章　ベテランさん

その時間の予定は「牡丹峰公園(モランボンパーク)で地元の人々とふれあい、写真を撮る」というものだった。予定表にも、そのまんま「地元の人々とふれあう」と書かれていた。地元の人々というのは、このツアーとは直接的にも間接的にも関係のない職業の人々、ということだ。

それほどまでに、北朝鮮で地元の人々と交流する機会は少ない。そして、私たちが交流を求めていることを相手はよく心得ている。だからこそ、地元の人々とのふれあいはアトラクションとして予定表に記載されている。これがまた、とんだ茶番。地元の人々とのふれあいなんてものはあり得ない。少なくとも、私とあなたがふれあうような形ではない。地元の人々と会うということは、単にお互いを見るだけということを意味する。動物園と同じだ。これほどガッカリで、ストレスのたまることはない。

新人さんはトイレを探しに行った。ベテランさんと二人きりになるのは、北朝鮮に来てからはじめてだった。といっても、この国にいるのはあと二日なんだけど。暑い日だった。足取りも重く長い坂道をのぼり、公園の入口にたどり着いたところで振り返ると、ベテランさんが後ろからのろのろとやってくるのが見えた。それでも私に遅れをとるまいとがんばっているようだった。平壌のど真ん中だけに、目撃者も大勢いるだろうから、あまりに距離をとりすぎると彼女に迷惑がかかるかもしれない。私は歩くペースを落とした。ベテランさんをトラブルに巻き込むつもりはなかったから。すでに私たちは永遠にも思える時間を共有していたし、この国を去る日が目前に迫っていることを考えると、もの悲しさともどかしさと同情が奇妙に混じり合った気持ちが湧き上がってくる。

最初の丘の上に到達したところで、ひと続きの階段をのぼり、右に曲がってさらにもうひと続きの階段をのぼり、てっぺんにある展望パビリオンに向かった。階段の周辺には美術の学生たちが気軽な感じで腰をかけ、絵を描いている。北朝鮮では水曜の朝に公園をぶらぶらして絵を描くのがふつうのことなんです、といった感じで。実際、そうなのかもしれない。本当のことは知りようがないし、それ以上追及するつもりもない。その頃には、ベテランさんは本当のことが言えない人だということがわかっていたから。

ベテランさんは実際には私よりも年下だった。けれども外見と態度のせいで年上に見えた。押しが強く、規則にうるさい女性。彼女がいかに満面の笑みを浮かべて、これ見よがしに人の世話を焼こうとも、どこかまともでない感じは拭えなかった。私を（文字どおり）こづき回していないとき、彼女はよく私に尋ねた。どのくらい朝鮮のことが好きですか？　と。そのたびに（旅が終盤に近づくほどに質問の回数は増えた）私はこう答えた。「前回あなたがその質問をしたときと同じくらいよ」私たちの関係は、控えめに言ってもストレスのたまるものだった。

私たちは連れ立って展望パビリオンに向かった。眼下に平壌の町並みを一望してから、私はベテランさんにちょっと座っていきましょうと言った。彼女は困った顔をした。「座る？」私はていねいに説明した。「何もせず、ただここに座って外の空気を楽しむのもいいんじゃない？　ほら、リラックスってことよ。ほんの数分間だけここにいて、太陽を浴びて、あなたとの会話を楽しんではダメかしら？」考えてみれば、私たちはずっと、早朝から夕食後までノンストップであちこちを駆けずり回ってきた。毎日八カ所から一〇カ所もの場所を訪れるというスケジュールを、人生の半分くらい（と思えるほどに）繰り返してきたんだから。

ベテランさんも強行軍に疲れ果てていたのだろう。提案は受け入れられ、私たちは腰を下ろした。老人を除き、ただリラックスするために腰を下ろす余裕のある人なんて誰もいないのか、この公園にはベンチがなかった。その老人たちですら、あとは死ぬのを待っているだけなので（とベテランさんはほのめかした）あまりリラックスしているようには見えなかった。ともあれ、私たちは肩を並べて地べたに座って「リラックス」した。

ひと息ついた私は、公園で日なたぼっこをし（ながら死ぬのを待っ）ている老人たちを写真に撮ってもいいかしらとベテランさんに聞いてみた。

ベテランさん　ダメです。

私はベテランさんになぜダメなのかと尋ねた。

ベテランさん 本当の話、老人たちは古い考えの持ち主だからです。アメリカ人が好きではないのですよ。

私 じゃあ仕方ないわね。私はアメリカ人なんだから。

そのとき、遠足中の少年先鋒隊の大群が私たちの周りに寄ってきた。ノコではどこに行っても子供たちの大集団に遭遇する。ガイドたちによると、全人口の三〇パーセントを子供が占めているらしい。たいていの場合、外国人は最も勇敢な子供を除いた全員に無視される。ノコにいる誰もがそうであるように、子供たちも外国人に関わると殺される、少なくとも面倒に巻き込まれると思っているから。もしくは、彼らは生まれたときから外国人（とくにアメリカ人の帝国主義者）こそがこの国にはびこる諸悪の根源だと教え込まれているので、外国人を心底嫌っている。だから、足を止めて私をじろじろと見る子供がいると、いつも彼らのことを誇らしく思った――持ち前の好奇心や懐疑心で、恐怖に打ち勝った勇敢な子供たち。外国人をじろじろ見たり、さらに踏み込んでこんにちはと言ったりするのは、些細なことに思えるけれど、ノコでは大改革だ。

予定外の休憩をはさんだせいで、私たちを拘束している容赦のないタイムテーブルに遅れが出そうになり、ベテランさんはピリピリしはじめた。時間を取ってくれたことにお礼を言いながら、彼女とのあいだにこれまでにはなかった絆が芽生えはじめたのを私は感じていた。そろそろ行きましょうか、と私は言った。

公園の中を歩いていると、地元の人々の集団が何かのゲームをしているのが目に入った。写真を撮ってもいいかと聞くと、ベテランさんは慌てたようにダメです、と言った。

私たちは歩き続けた。数分後、ベテランさんは立ち止まって私の腕に触れると、ガイドになる前は「ビジネスウーマン」だったという身の上話をはじめた。もう一度、そうなりたいと願っているという。コーヒーショップを開きたいという夢を語ってから、彼女は私にこう言った。ビジネスパートナーになってもらえませんか？

びっくりしたのはもちろんだし、これほど気の進まない提案はちょっと思いつかないほどだった。北朝鮮にはうんざりだったし、一刻も早く立ち去りたい。ベテランさんをとくに好きなわけでもなかった。なにより、この国で観光ガイドの仕事を突然辞めて、アメリカ人帝国主義者の手を借りてコーヒーショップを開店するなんてことが可能だとはとても思えなかった。そもそも、店を開く意味があるのだろうか？　私が見た限り、この国では誰も余分なお金なんて持っていないし、自由な時間もないし、コーヒーだって飲んでいない。あそこの階段で絵を描いている若者たちは別かもしれないけれど。

「喜んで」と私は言った。「すてきなアイデアね。お手伝いできると嬉しいわ」矛盾しているようだけど、心のどこかでは本気でそう思っていた。

ベテランさんの電話が鳴った。新人さんからだった。一瞬、彼女のことを完璧に忘れていた。公園のどこかで迷子になったらしい。私たちがここにいるあいだずっと、新人さんは展望パビリオンを探し回っていたが、ついにあきらめて助けを求めてきたのだった。この公園で、本当に「地元の」人々と言えるのは、老人と、少年先鋒隊のメンバーと、アート小僧たちと、新人ではないガイドたちだけなんだろう。あるいは単に、新人さんが度を越した方向音痴だったというだけかもしれないけれど。

ベテランさんは新人さんに、公園の端にある牡丹峰劇場への行き方を教えた。そして私たちもコースを変えて、彼女と合流するためにそちらへ向かった。

Winnie
Pooh

「そんな、あったりまえなことをたずねて、あんた、はずかしくはねえのかい」（『ふしぎの国のアリス』）

第一八章 それでも地球は回ってる

最終日の前日、私たちはワシントンDCのスミソニアン博物館に対抗して北朝鮮がつくった博物館――平壌の三大革命展示館を訪れた。

三大革命展示館は、戦後の朝鮮において偉大なる最高指導者が成し遂げた、思想革命・技術革命・文化革命の「三大革命」をフィーチャーした施設だ。

どんな施設かというと、だだっぴろく殺風景な敷地内に、なんの変哲もない建物が六棟並んでいる……そんな感じ。唯一の例外はプラネタリウムだった。土星からリングを二個取るか、地球にリングを一個足したような形をしている。六つの建物は、それぞれ新技術、製造業、重工業、軽工業、農業、電子工業の展示を行っているらしい。

軽工業に関する展示が行われている巨大なホールは、ひとけがなく、薄暗く、凍えるように寒かった。この場所を歩いていると、ドラマ『LOST』で「ほかの者たち（アザーズ）」が住んでいたキャンプを発見した登場人物のような気持ちになってくる。

行けども行けどもガラスケースの列。朝鮮の技術力と製造力を誇示すべく並べられたこれらの展示物は、どうしようもなく退屈で、時代遅れで、ありふれていて、たちの悪い冗談としか思えなかった。あるケースの中にはポリエステル製の茶色のパンツが、おそろいの茶色のシャツとセットで誇らしげにぶら下がっていた。別のケースには缶詰の食品が、別のケースには古い電化製品が飾られている。電化製品はあまりに年季が入っていたので、冗談抜きで、聞かなければ何に使うのかわからない品もあった（ある品については「壁の照明を点灯するための道具」という答えが返ってきた。やっぱりよくわからない）。

この旅のあいだ、私は何度となく同じことを考えていた。もう少しなんとかならないのかな？外国人観光客をうならせるには、ガラスケースに入った動物の剝製を見せるのがいちばんだと北朝鮮が思っているのなら、本気で作戦を考えなおしたほうがいい。ちなみに、製造業の粋が集められているはずのこのホールでも、水の流れるトイレはなかった。

とはいえ、ここでのハイライトは、新技術棟の中にあるらしいプラネタリウムだろう。三〇〇年も前につくられたに違いないエレベーターに乗り、やたらと長い時間をかけて私たちは二階に向かった。着いた先は完全なる暗闇だった。誰も気づかないふりをしているけど、エレベーター操作員は私たちを地底へ連れてきたに違いない。私のガイドたち、展示館のガイドたち、エレベーター操作員と私は、何かが起こるのを暗闇の中でただ待った。こりゃ、偉大にして親愛なる指導者様に来てもらわなきゃならないかもね、と私はジョークを飛ばした。かの有名な現地指導を受ければ、電気もつくんじゃないかしら。予想はしていたけれど、誰もこのジョークに笑おうとしなかった。

ようやく明かりがつき、私たちは最初の展示物に向かって歩いていった。それは「振り子」だった。


ここであらためて、この施設は北朝鮮における技術、科学、工業の粋を展示するためにつくられたのだという事実を強調しておきたい。外国人をぎゃふんと言わせ、朝鮮の人民に偉大なる指導者の天才ぶりを刷り込むという明確な目的を持ってつくられた施設なのだ。

その施設で、私たちはぼろぼろの大きな白い紙がかぶせられているカードテーブルを取り囲んでいた。おもりをつけたワイヤーが天井からぶら下がって静止している。展示館のガイドは熱を込めて説明した。「この装置によって、世界が回っていることがわかるのです」

「振り子ですよね」大人げないと思いつつ、私はおずおずと言った。

ガイドは言った。「二四の区画に分かれているのが見えますか?」見えない。けれども問題はそこじゃなさそうだ。「なぜだかご存じですか?」もちろんご存じだけど、私はいつしか自分の頭まで疑いはじめていた。缶詰の食品、消えた照明、ほとんど動いていないエレベーター……何もかもがウソみたいなので、この国では地球は太陽の周りを回っていないというほうが正しいんじゃないかという気がしてくる。

「地球が一回転するのに二四時間かかるから?」私は答えた。正解! アメリカチームに得点。

「おもりの先を見てください」ガイドは説明を続けた。「見学が終わるころには、おもりの先が次の区画へ進んでいるはずです」さっきの答えが正しかったことに自信を得て、私は先回りした。「地球が自転しているから？」新人さんがしのび笑いをもらした。この笑いも「リアルかもしれないコト」リストに追加しておこう。

その先では、一九七〇年代のハイスクールで天文学の教室に飾られていたような、ごく初歩的な図版が延々と展示されていた。それに加えて、北朝鮮の宇宙計画を解説するピントのボケた写真、ロケットの模型（なぜかガイドたちはミサイルと呼んでいた。実際そうなのかも）、北朝鮮がこれまでに打ち上げた衛星の詳細などもあった。メモを取っておくべきだったのかもしれないが、きっとＣＩＡかＮＳＡがとっくにやっているだろう。とはいうものの、私は退屈しのぎに矛盾だらけの説明に耳を傾け、注目すべき事実を記憶に留めようとした。

最後に向かったのはプラネタリウムだった。といっても、天井に白い点が散っているだけの代物で、赤いレーザーポインターの力を借りてもなお、どの点がなんの星なのかさっぱりわからなかった。ガイドたちは適当にさしているようだし、ポインターの先にある点は光っていなかったから。私をバカにするためにわざとやっているんだろうか？　それとも、ポインターを使うのが本当にヘタクソなんだろうか？

北朝鮮名物である、甲高く、熱のこもった、切羽詰まった響きのナレーションが続いている。どの単語も発音が間違っているうえ、深遠なる宇宙をあまりに単純な語彙で表現しようとしているため、何を言っているのかさっぱりわからない。

涙が出るほど退屈し、ついに眠りに落ちかけたそのとき、私は新人さんとベテランさんが席を立ったのに気づいた。これは異常事態だった。ひとつには、ガイドたちが私を一人きりにしたことはこれまで一度もなかったから。ふたつには、私自身の手の先さえ見えないような真っ暗闇の中で、彼女たちがどうやって移動できたのかわからなかったから。

自分以外に腹を割って話せる相手のいない、一人きりの八日間を過ごしてきたせいか、私は真っ暗闇の中に一人取り残されることに一瞬パニックになってしまった。何か理由があるに違いない――そう自分に言い聞かせる。どんな理由かはわからないけれども。それからの数分のあいだ、残りの一生を北朝鮮に拘束されるのではないかという不安と、いよいよ本格的に頭がおかしくなってしまったというあきらめが、交互に頭を行き来していた。

私は「プラネタリウムからの脱出」をシミュレーションすることで、なんとか恐怖を抑えつけようとした。スマホを懐中電灯代わりに使えばいい。あと五分たっても電気がつかず、ガイドたちが戻ってこなかったら……。

ちょうどそのとき、ナレーションが止み、プラネタリウムの切れていない照明のひとつがついた。ガイドたちが横に座っていたのかどうかは定かではない。スマホを掲げ、ムエタイのパンチとキックを繰り出しながら、プラネタリムを逃走するような羽目にならなくて本当によかった。

エレベーターに戻る途中、展示館のガイドが振り子の前で立ち止まって言った。「ほら、おもりの先が動きましたよ」

「……『いったいわたしはだれ？』というのがつぎの問題ね。ああ、これこそ大変な、なぞなぞだわ！」（『ふしぎの国のアリス』）

第一九章 焼きハマグリとホットスパ

一週間も前から、私は南浦での「焼きハマグリ」と「ホットスパ」を楽しみにしていた。けれど、北朝鮮のあらゆるものと同じく実態はしょぼいものだった。

焼きハマグリとはとどのつまり、ひと盛りのハマグリを丸い金属のプレート（ニューヨークの路上にあるコン・エジソンのマンホールのふたみたいな感じ。馬や不用心な観光客を感電死させたことがあるので、踏まないように注意）の上に並べたものだった。駐車場の片隅で、運転手がその上にガソリンをぶっかけ、火をつける様子を、私とガイドたちは座面が一フィート四方、高さも一フィートしかない貧弱なスツールに座って見守っていた。地面には巨大なアリがわらわらしていて、とても怖かった。

運転手が調理をしているあいだ、ベテランさんは私にうるさく言い続けていた。「写真をお撮りなさい！」「すごく特別なんですよ！」「観光客なら誰だって写真を撮ります！」「カメラをお渡しなさい、撮ってあげますよ！」「なぜ写真を撮らないんです？」なぜって……駐車場で炎に包まれているハマグリの写真は別にいらないから。

私は見るからにむっつりと不機嫌になり、反抗的になっていった。

とはいえ、ベテランさんがエラそうに命令しているあいだ、私は口を閉じておくことにした。早く終わるほど、早くホテルの部屋に戻ってホットスパに入れるんだから！

そしてもちろん、ホットスパとは、ただのぬるいお風呂だった。バスタブは汚くジャグジーが壊れていて、殺風景な蛍光灯がくすんだ風呂場を照らしている。私が無邪気にも信じ込もうとしていたような、すべてをチャラにする万能薬なんかではまったくなかった。

いつもなら、この程度のがっかりで泣いたりはしない――チハダ（朝鮮語で「飲もうぜ！」の意）状態で、泣ける音楽を聞かされたとしても。だいたいにおいて私は立ちなおりが早く、適応力も高いので、旅行者としては手がかからないほうだ。それに、これまで世界各地で使ったことのある多くの風呂場と比べれば、ここは豪華施設と言ってもよかった。ただし、ホットスパとしては話にならない。しかも、私はすでに七日間もこの国に一人きりでいた。

私のそばにいるのは、ガイドたちと運転手（それと行く先々でついてくる現地ガイド）だけ。その全員が、七日間ぶっ通しで昼も夜もプロップトークをしかけてきた（ホテルの部屋に一人でいるときを除いて）。彼らの目的はただひとつ。北朝鮮が最高の国で、党と偉大にして親愛なる指導者たちの教義は完全に正しいと私に信じ込ませること。北朝鮮には観光に来たつもりだったのに、うっかり金一族の洗脳を受けたカルト集団に紛れ込んでしまったとは。そして彼らは、断固として私を転向させようとしていた。

彼らからひっきりなしの干渉と言葉の嫌がらせを受けながら、私はタブロイド紙に追っかけられるセレブと、特殊支援学級の子供と、ディストピア的な未来に生きる囚人の気分を同時に味わっていた。自分をコントロールしようとしている人々に始終取り囲まれるのはこんな感じなのか。他人と血の通った会話を交わすチャンスが一切ないまま、自分の中の矛盾するさまざまな感情や思いに絶えず向き合わなければならないというのは、辛く、息が詰まるような体験だった。なおかつ、ガイドたちとの一筋縄ではいかない関係も維持していかなくてはならない。こうしたすべてに耐えながら、バカみたいな法律違反（偉大にして親愛なる誰かさんの写真をふたつに折るとか）をやらかして捕まらないように注意しなくてもならなかった。

新人さんが北朝鮮での生活に対する幻滅をほのめかしたことは何度かあった。一方、北朝鮮のすべてが天国ではないかもしれないとベテランさんが白状したのは、私の滞在の最終日のことだった。何か話したいことはありませんか、と彼女は言った。私はベテランさんの目をのぞき込み、まじめにこう尋ねた。あなたがたのしていることや話していることはむちゃくちゃだ……そう言った人がこれまで一人もいなかった、なんてことはありえ得ないわよね？

ベテランさんは一瞬黙り込んで、こう答えた。「本当の話、最後の日にそういうことを言う観光客はいます」

人生は謎だらけ。北朝鮮ほどこの言葉を体現している国はない。この国で何が起きているのかを尋ねることは、次のようなことを尋ねるのと同じことだ――そもそも人生の意味って何？　善と悪の定義は？　それを決めたのは誰？　なぜ人々はそれにしたがうの？　人間はどうしてこんなに欠点だらけなの？　もしかしたら、私たちは大きな勘違いをしているのかもしれない。北朝鮮の人々が幸せじゃないなんて誰が言える？　世界で最悪の国だなんてどうして言えるんだろう？北朝鮮をライバル視している国だってたくさんあるのに。

ハマグリ焼きの次は、ぜんぜんホットじゃないホットスパだった。ベテランさんが時間を間違えたからだ。このホテルで水が流れる（全館でという意味）のは午後九時～一〇時であって、午後七時～八時じゃなかった。どじなベテランさん。

仕方がないので、先にホテルのレストランで夕食を取ることになった。南浦にあるこのフェイカランはすてきなところが何もなく、それをダメなやり方で埋め合わせようとしていた。ノコの公共施設がすべてそうであるように、エアコンが効きすぎていて、薄暗く、インテリアは悪趣味で、ものすごくうるさい。ハマグリのガソリン焼きが夕食代わりだと思っていた私は大量にハマグリを詰め込んでいたので、すっかりお腹いっぱいだった。疲れ果て、落ち込んで、ただ家に帰りたかった。少なくとも自分の部屋に戻りたかった。

ガイドたちと運転手は食べはじめたばかりだったので、私に一人で先に部屋に戻ってもいいと言ってくれた。一瞬の歓喜。それにしても、この七日間は重すぎた。北朝鮮は『トゥルーマン・ショー』と、ナチの第三帝国と、笑いのない一九五〇年代のシットコムが混ざり合ったような国。連想されるのは、独房、刑務所、精神病棟（ぬるくて汚いお風呂付き）……そんな環境で、私はあらゆる物事を深く考えすぎていた。見たもの、考えたこと、楽しさ、悲しみ、混乱、そして感謝の気持ち。そのすべてが押し寄せてきて、私は泣きだした（声を上げて泣いたわけじゃない。ちょっとシクシクしただけ）。

けれども、長々と感傷に浸っていることはできなかった。バスタブに入って五分もたたないうちに、部屋の電話が鳴ったからだ。我に返った私は泣くのをやめたが、電話には出なかった。そのうち電話は鳴りやみ、私はふたたび泣きはじめた。するとまた電話が鳴った。私は泣き笑い状態に突入した。レストランでガイドたちと別れてからまだ一六分しかたっていなかった。今回も電話には出ないでいると、やがて三度目の電話が鳴った。もう、何が何やら。私は本格的に笑い泣きをはじめた。

そのひとときも、ドアのノックが聞こえた瞬間に終わりを告げた。これはただの根比べじゃない。ベテランさんは私と話すまでやめようとしないだろう。抵抗したい気持ちもあったけれど、もうどうでもよくなっていた。これ以上泣き笑いを続けていてもきりがなかったし、お風呂はぬるくなる一方だったから。

敗北を受け入れ、バスタブから出る気力を振り絞ってドアに向かう前に、私はこの瞬間の自分を写真に撮った。

私にとって人生とは一瞬の集合体だ。わけても、こんな特別な瞬間を記録しておかない手はない。北朝鮮のどこかで、夕食にハマグリのガソリン焼きを食べたあと、ホットじゃないホットスパ

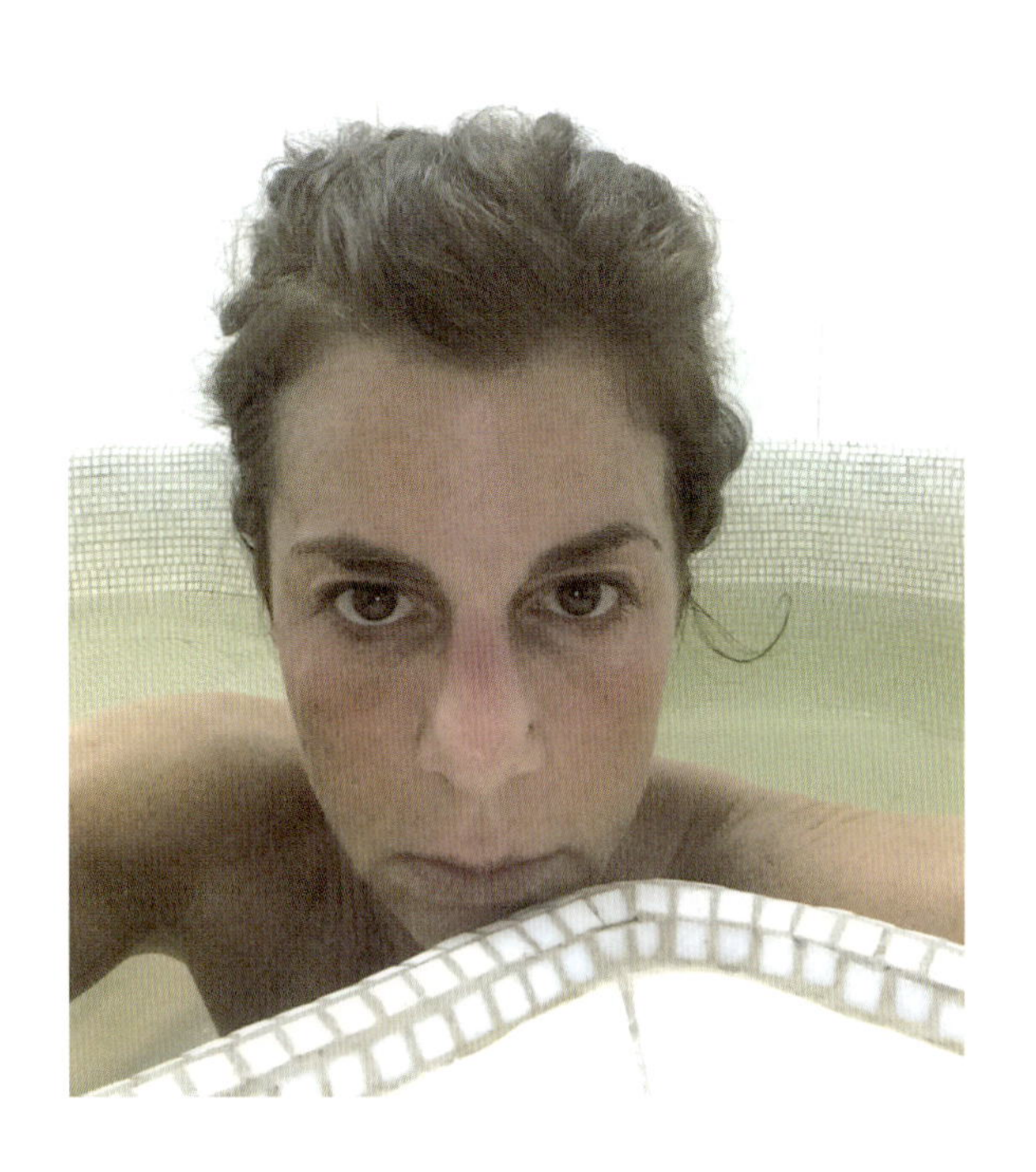

でガイドにストーキングされながら笑って泣いて笑って。ある意味、究極の瞬間と言えるだろう……ストレスと、達成感と、楽しさを同時に感じるなんて。私はいつだって、同時に起こった複数の異なる感情を記憶しておきたいと願ってきた。このときに感じていたのは、こんな体験ができたことへの感謝。そして、その体験をこんなふうに本を書くことで、いずれガイドたちを「裏切る」ことになるだろうという罪悪感。もっとも、ガイドたちだって、私が彼女たちの言葉を信じたなんて一瞬だって思ったことはなかっただろうけど。

身も心も文字どおり丸裸……この瞬間も「リアルかもしれないコト」リストに追加しておこう。

翌朝ベテランさんは、これまでホットスパ（そろそろ正直になろう——ただのバスタブだ）に一〇分以上入っていられた人はいないと大げさに自慢した。なぜなら信じられないくらい熱いから、と。「外国人は」あまりの熱さに「泣き叫び」、せいぜい八分しか入っていられないんですよ！

同意を求めるように、私は何分入っていたのかと、ベテランさんはほがらかに尋ねてきた。

「三〇分」間髪入れずに私は答えた。もはや遠慮するつもりはなかった。八日目がはじまろうとしている。試合再開だ。

だって、いつもいつもおんなじ返事ばかりしている人と、
どうやったらお話ができるんでしょう？（『鏡の国のアリス』）

第二〇章　一生の友だち

ベテランさん、新人さんと現地ガイドに取り囲まれ、施錠されたドアを次から次へと開きながら、長く殺風景な廊下をゆっくりと進んでいく。数フィート先、そして数フィート後ろにも六、七人ずつ現地ガイドがいて、彼らは団子になって移動する。観光地の現地ガイドがたいていそうであるように、ここでも全員がチョソノッと呼ばれる色鮮やかな伝統衣装（ノコで見ることのできる、もっともカラフルなもの）に身をつつみ、そこそこマッチした髪型をしている。床まで届くAラインドレスの生地は薄く軽く、ガイドたちは床からほんの少しだけ浮かんでいるように見える。みな黙りこくっているので、規則正しい一歩が踏み出されるたびにかすかに音を立てる衣ずれ以外は、完全な静寂があるばかり。寒気がやまず、腕を身体に巻きつける。

私は自分をきつく抱きしめる。前後左右を『ステップフォードの妻たち』みたいな得体のしれない連中に囲まれ、逃亡のチャンスを奪われたあげく、拘束衣を着せられて、有無を言わさず精神病棟の奥深くへと連行される映像が自然と頭に浮かんでくる。実際、それほど的外れな想像というわけでもないだろう。

じつは今、妙香山の国際親善展覧館に来ている。平壌から車で二、三時間のところにあるこの国際親善館は、名前とは裏腹にまったくフレンドリーな場所じゃない。山腹に建てられた巨大な保管庫で、警備はひどく厳重。ここには、金一族に献じられた贈り物がひとつ残らず保管されている。偉大にして親愛なる亡き指導者に捧げられた、奇怪でとち狂った神殿。新人の太っちょに対しても、多少は配慮しているようだ。

これまでノコで訪れてきたほかの多くの場所と同じように、この国際親善展覧館もはっきりとした目的を持って建てられている。ずばり、外国人をうならせるため。そして、世界中の誰もが自分たちの偉大なる指導者のことを偉大だと考えていると自国民に信じ込ませるため。もちろん現地ガイドに言わせれば、初代の偉大にして親愛なる指導者がこの施設を建てたのは、贈り物を独り占めせずに人民と分かち合いたいという深い愛情ゆえ……という話になるのだけれど。設立の経緯はともかく、この二棟からなる巨大な施設は敷地面積が一〇万平方メートルで、一六〇の部屋に二〇万点以上の品が収蔵されている。

建物は起伏のある山間の新緑の中にある。山には移り気な雲が低く垂れ込め、そこかしこに趣のある小川が流れている。写真を撮ろうとすると、撮影禁止を言い渡されてしまった。「自然の風景も撮っちゃダメってこと?」と皮肉を込めて聞いてみる。それから、両手を広げてこう付け加えた。「偉大にして親愛なる指導者様なら大目に見てくださるんじゃないかしら?」(そろそろ故郷に帰る潮時かもしれない)。

ベテランさんは感じよく、大丈夫ですよと言った。私が写真を撮るのが好きなことは彼女もわかっているし、これまでも協力してくれることはあった。建物の中に入れば、専用の場所からちゃんと自然の写真を撮ることができるという。

現地ガイドが車へ近づいてきて私たちを出迎えた。ここにも美女がまた一人。涼しげで親切そうな顔立ちをしている。現地ガイドに特有の、限りなく無音に近い切羽詰まった響きのささやき声を、彼女は自在に操った。この施設で現地ガイドを務めるという最上級の名誉を許されるのは、現地ガイドの中でもエリート中のエリートのそのまた上のエリートだけだろう。

ひとつめの建物の入口にやってくると、現地ガイドが茶目っ気たっぷりに話しかけてきた（通訳はベテランさん）。正面ドアを開けてみてくださいと。ドアの両側にはびしっと決めた二人の衛兵が自動小銃を抱えて立っている。笑顔なし、表情なし。ドアを押してみたけれど、コンテナ船を素手で動かそうとするようなもので、四トンの鉄製のドアはびくともしない。その様子に、みんな大笑いだった（衛兵以外は）。

魔法のようにドアがぐるりと開いて中に通された。すぐさま、泥よけの靴カバー（他の場所のものよりちょっぴり高級）をつけるように言われる。それから一台のデスクの前に連れていかれ、所持品をすべて出すように申し渡された。財布を渡すのを拒むと（冗談じゃない）現地ガイドは静かに了承した。私がスマホを財布の中に押し込んで、衛兵と金属探知機と手荷物スキャナーを出し抜いてこっそり持ち込もうとしたときも、現地ガイドは冷静なままだった。彼女の声にはこんな響きが含まれていた。「心配なのはわかります。でも大丈夫ですよ。所持品は無事戻ってきますから。お約束します」もっとも、ベテランさんのやる気のない通訳にかかると、それほど鷹揚な感じではなくなっていた。「フロントデスクの女性に所持品を預けていくべきですよ」私は黙ってうなずいた。

続く二時間は、この北朝鮮旅行の中でもとくに印象深い体験のひとつになった。

それぞれの建物、その名も「展覧館」は無数の部屋と無個性な長い廊下からなる迷宮で、いかにもノコらしい装飾過剰な大理石の巨大ホールが点在している。これまで見てきた施設より多少は風格が感じられた(メモ:ただし、ここでもトイレの水は流れず、トイレットペーパーも見当たらない)。それぞれの部屋には贈呈品の入ったガラスケースがずらりと並んでいる。それは、北朝鮮という国そのものを象徴するような、異様な眺めだった。

展示部屋は、贈り物の数の順に国または地域別に分けられている。と同時に、どの指導者がなんの贈り物を受け取ったかという観点で分かれているようにも見える。どの分類法が最適なのか、まだ決めかねているのだろう。贈呈品の多く(ほとんど)は中国、ソ連、その他のならずもの国家から贈られたものだが、その他の国々もほぼすべて集結している。もちろん、外交儀礼によるものであって、偉大なる指導者への敬愛とは関係ない。それを知れば、朝鮮人たちはさぞへこむだろう。

喜ぶべきか、ほっとすべきか、驚くべきか、アメリカ人帝国主義者たちも、少しばかりの贈り物をコレクションに加えていた。パーティに手ぶらでやってきた無作法な客の気分を味わうのではないかと心配していたのだけれど。わが同胞の贈り物は控えめでも、見栄えは悪くなかった。珍妙な品々の中には、次のようなものが混じっていた。フレデリック・レミントンが手がけたブロンズ像がふたつ、クリスタルの灰皿、高級なペン（誰からの贈り物なのか思い出せない）、CNNから贈られた雑多なオリジナルグッズ、オルブライト元国務長官が偉大なる亡き指導者に贈ったマイケル・ジョーダンのサイン入りバスケットボール、最近になってコレクションに入った、グローブトロッターズとデニス・ロッドマンからの贈り物がいくつか、そしてビリー・グラハムが偉大なる亡き指導者に進呈した、鳩に囲まれた地球儀。現地ガイドとベテランさんは、とりわけこの地球儀に心を奪われているようだった。

彼女たちがビリー・グラハムについて何も知らない様子だったので、私は解説を試みた。グラハムはあらゆる宗教的な存在（たとえばイエス・キリスト。北朝鮮では軽蔑の対象とされている）に情熱を注ぐ一方で、共産主義（北朝鮮では偉大な理論とされている）を嫌悪していた。そのことを思えば、あなたがたが彼の贈り物に心酔しているのはびっくりだ、と。新人さんと現地ガイドは熱心に耳を傾けている。私はひと呼吸置いて、ベテランさんが通訳するのを待った。

しかし、ベテランさんは通訳できないのか、する気がないのか、おそらくその両方だろうけれど、この公平でよく練られた説教は、彼女の通訳によって「イエス」のひと言まで圧縮されてしまった。いつもの不動のパターンだ。

傑作映画『ロスト・イン・トランスレーション』に出てくるお気に入りのシーンを思い出す。ビル・マーレイ演じるボブは、サントリー・ウィスキーのCM撮影現場にいる。ヒップスター気取りのディレクターが前のめりな調子で、どんな演技をしてもらいたいかを日本語で指示する。しばらく話してからディレクターが黙ると、ボブについた地味な通訳が、彼に向かって簡単に「右を向いて、それで、えー、視線に力を込めて」とだけ伝える。釈然としないボブは、「それで全部？ 彼はもうちょっと何か言ってたようだけど」と切り返す。

とはいえ、別に話すのを止められたわけではないので、私はさらに数分にわたって解説を続行した。ビリー・グラハムは、多少はいいことをしたかもしれないけれど、女性、ユダヤ人、いくつかの宗教に対する見方はひどいものだということ。テレビ説教師という言葉に含まれる否定的な響きについて。それゆえに、彼が多少なりとも物議を醸す存在であること（言うまでもなく私と彼の宗教は違う。個人的に彼の話にはこれっぽっちも心を動かされない）。ベテランさんは、聖グラハムと彼の贈り物に対する私の酷評を表向きはきちんと通訳したことにして、先へ進みましょうと言った。

密猟問題に関心を払わない国から偉大なる指導者に贈られた「地上最大の象牙」とやらをベテランさんが誇らしげに指さしたとき、私は痛烈な批判を開始した。象牙を求めて象を虐殺する慣習がいかに恐ろしく野蛮なものか。そして、世界中でいかにボロカスに批判されているか。この歓迎されざる意見に対して、ベテランさんはかつてないほど長く、鋭いひと睨みをよこした。私も彼女を睨み返した。さぁ、どう通訳するつもりなの？ 現地ガイドは私たちのあいだで何が交わされているのか知りたくてうずうずしていた。彼女は私に目を向け、それから賢明にも我関せずのスタンスを貫いている新人さんを見やり、最後にベテランさんに目を据えた。ベテランさんはついに口を開いた。きっと私がトイレに行きたがっているようだとでも言ったのだろう。私たちは次の宝部屋に移った。

国際親善展覧館などという名前の場所でベテランさんと向き合うのは、どこか皮肉なところがある。それはひどく愉快で、胸のすく体験だった。ベテランさんをやり込めたからではない。そんな子供じみて平凡な仕返しをしたいわけじゃない。そうではなくて、北朝鮮に来て初めて、自分の、正しさを実感できたから。私はこれまで多くの国を訪れてきたし、世界の歴史であれニュースであれ、すべて自分の判断で読むことができる。そしてベテランさんとは違って、贈り物を贈ったのがどんな人々なのかを知っている。前の日に、ベテランさんとの会話で私がマイケル・ジャクソンの名前を出したとき、彼女は「それって白人になろうとした黒人の男のことですよね？」と聞いてきた。エンターテインメント集団であるハーレム・グローブトロッターズからの贈り物をさして「彼らはアメリカで最高のバスケットボールチームなんです」とも言っていた。この国では、会話はそこで終了し、間違いは放置される。

贈り物そのものにも興味をひかれた。これらを見て歩くのは、巨大な蚤の市を通り抜けるような感じで、タイムトラベルにも似ているかもしれない。ここにある何百もの贈り物について、私はその背景にある意味を読み解いてみようとした。なぜニカラグアのサンディニスタは後ろ足で立つクロコダイルの剥製を偉大なる亡き指導者に贈ったのか？　ワニは笑みを浮かべて木のコップでいっぱいになったお盆を掲げ、灰皿にまたがっているけれど、これは何を意味するんだろう？さっぱりわからない。

そして私は、現地ガイドのことをずっと考えていた。賭けてもいい。彼女は絶えず、人質のように助けを必要としている人が必ず浮かべる表情を私に投げかけていた。パッと見にはわからなくても、目が訴えている。「ここから私を連れ出してくれませんか？」と。私と新人さん、現地ガイドの三人で『チャーリーズ・エンジェル』をやるとしたら、誰が誰の役だろうかと考えて、私は一人で笑ってしまった。ここが北朝鮮ではなく映画の世界で、私が二人を自由の身にしてあげることができれば、の話だけど。私はドリュー・バリモアで、新人さんがルーシー・リュー、現地ガイドはキャメロン・ディアス。これで決まり。

小さなエレベーターに乗って最上階へたどり着くと、広くてがらんとして薄暗いギフトショップに案内され、そこから展望テラスに出た。約束の、自然の風景が望める撮影スポットだ。とても美しい眺めだけど、実に注意深い演出が施されていることに気づかないわけにはいかない（デッキから見えるのは狭い一角だけ）。この国では母なる自然に対しても、外国人への見せ方をコントロールしようとしている。

自然を解体して「これぞ絶景」という風景をつくりだし、特定の場所でのみ撮影を許可する——まさに、今回の旅に始終つきまとった違和感を象徴するようなスポットと言えるだろう。

私は世界を探検して回るのが大好きだ。旅こそ絶対最大の情熱であり、これまでも絶え間なく旅をしてきた。初めて海外へ一人旅をしたのは一二歳のとき、行き先はメキシコだった。自分とは何者なのか？　私にとって、その問いの答えは世界を縦横に巡りながら出会った人々、見たものや経験したことと深く密接に結びついている。旅をしているときの私は、改良された私。どこかを訪れるたびに、私は改良されていく。旅は感謝の気持ちを育み、理解力を育む。独立心と好奇心と創造性を、知識と知恵を、自信と共感を育む。そして喜びと愛を。旅は恐れを打ち負かす。無知と断定を打ち負かす。予断と先入観と思い込みを、そして偏狭な倫理観をも打ち負かす。

旅をすると世界が小さく感じられる。自分以外の人間とのあいだに違いを見出すことはたやすい。政治と宗教が断絶のきっかけになるかもしれないし、日常生活における慣習が相容れないほどに異なっているかもしれない。けれども心を持った存在として、私たちは同

じ生き物だ。そして旅を重ねるほどに、自分たちがいかに似た者同士であるかを腹の底から理解するようになる。敵に見えがちな人々だって、傷つく心を持っている。旅をすると、周りの人々が血の通った人間に見えてくるし、「中国人は」とか「ロシアが本日発表したところでは……」とか「日本はふたたび大きな災害を……」といったフレーズも、ニュースだけで耳にする非人間的で響きの軽い言葉ではなくなる。その国はあなたが一時を過ごした場所であり、その国の人々はあなたも会ったことがある、あなたが気にかけている人々なのだから。

旅をするとき、私は祖国を代表する文化大使になる。あるいは女性を、独身女性を、そしてユダヤ人を代表する文化大使に。それを忘れることはない。同時に意識しているのは、私が出会う多くの人々にとって、私こそが別の国への最初の玄関口なのだということ。多くの人にとっては、私が初めて見る白人であり、ユダヤ人であり、アメリカ人だ。だから私は心を開き、意識を開いて旅をする。お互いに学び合い、学んだことを故郷の人々と分かち合うために。

旅とはまさに恋愛そのもの。恋愛と同じように、双方向のコミュニケーションなのだ。けれども北朝鮮では、そのすべての機会が奪われている。北朝鮮は外国人に好かれたいと思っているけれど、好きになってもらいたいのは彼らが見せたがっているたったひとつの国の姿であって、それ以上のものを見せようとはしない。

この国では、あなたが何をしようと何を見ようと、すべては演出され、管理されている。誰かに話しかける許可が得られたとしても、相手は話していいことと悪いことをあらかじめ知っている。「リアルな人たち」がごくふつうの生活を営んでいる場に出くわしたとしても、彼らに関わり合うことは許されない。これはちょっとひどいなという場所に行き当たったとしても、ガイドたちはそんな場所など存在しないかのように振る舞う。答えたくない質問を投げかけられたり、聞きたくもない批判が始まったりしても、彼らは話題を変えずに話の行く先をコントロールするという離れ業を使ってくる。こちらの気をそらしたり、方向転換したり、先回りしたり。それに失敗すると、ただ、だんまりを決め込む。分かち合いも共感も、お互いの共通点を探そうという意思もない。あるのはただプロパガンダツアーだけ。

アメリカの政治の複雑さや、大統領を支持する人々がいる一方で支持しない人がいる理由について私が説明しても、ベテランさんはなんの興味も示さなかった。それと同じくらい、自分のプライベート(私のような旅行者と過ごす数週間、娘さんと離れなくてはならない辛さなど)を私に話すことにもまったく興味はないようだった。

北朝鮮ではどのようにして人々に仕事やアパートメントが割り当てられるの？　どんな子供であれば少年先鋒隊に入隊することを許されるの？　なぜヘアサロンはどこもまったく同じように見えるの？　いったいぜんたいどうやって、国際親善展覧館にある二〇万点(数はこの際どうだっていい。どうせ正直には教えてもらえないから)もの贈答品の埃を払っているの？　こうした質問に対しては、プロパガンダツアーの最中でなくても、答えが返ってくることはなかった。北朝鮮では毎日が初デート。相手と本当に親密になる可能性はないし、恋愛に発展する可能性もない。

お仕着せの撮影スポットに立ち（左手にベテランさん、右手には現地ガイドと新人さんをしたがえて）、北朝鮮的に完全無欠な自然風景を写真に収めながら、私はついにあきらめる決心をした。回答不能な質問への答えを意地になって探し求め、絆を結ぶことが禁止された場所での絆を求めることで、私は少しずつ自分自身を追い込んでしまった。心のままにふらふらとその通路を進んでいたら、精神病院に直行だったかもしれない。

屋内に戻ってさらに廊下を何本か抜けると、両端に大きな木製ドアのあるホールに出た。そこではまもなく何かが姿を見せることになっていた。ホールに足を踏み入れたとき、巨大な木製ドアの開閉を担当するガイド二人は腰を下ろしていた。本当は立って待っているはずだったのだろう。というのも、彼らは大急ぎで立ち上がり、まるで泥酔状態でストリップ・ポーカーをしているところを見つかったかのように平謝りを始めたからだ。

誰が何を話していたのか、正確なところは正直に言って何も思い出せない。切羽詰まったような声、興奮したような声、ヒソヒソ声が渾然一体となり、これから私が目撃することになっているものについて説明していた。最初の部屋には、偉大なる亡き指導者（初代）の等身大像があるという。ガイドの一人、もしくは複数が私に語った（警告した？）ところでは、その像があまりに真に迫っているので、「多くの人」は偉大なる亡き指導者その人がピンピンして目の前に立っているように感じるのだという（もちろん、彼らの説明はもっと確信に満ちていて、恭しく、感情的で、鼻につく感じだ）。私に事の重大さをしっかりと理解させたかったのだろう、ホールにいるガイド八人の一人は、偉大なる蠟人形を見た多くの人が、「気絶したり泣き叫んだりしたんです！」と付け加えた。だから私も覚悟すべきだということらしい。

　私はぴたりと口を閉ざした。ついさっき、五分前に採用した新計画、「質問なし、口答えなし」を何がなんでも守ろう。私は脳内に渦巻く三〇万もの質問とコメントを無視することにした。


　それから私は、ホールの反対側にあるドアへと連れていかれた。一同はきっちり一列に隙間なく並び、ドアの向こうへと進む。断頭台へと行進する者のように静かに、粛々と。偉大なる蠟の指導者を前にして、とても長い時間、深々と頭を垂れる。その長ったらしさに、危うく笑い出すところだった。彼らがお辞儀をやめるのを私が待っているのか、私がやめるのを彼らが待っているのか判断がつかないのが困りものだった。けれど、何事もやってみないことにはわからない。そこで私は身体を起こしてみた。するとほかの者もそれにならった。このとき北朝鮮は新しい一歩を踏み出したと言ってもいいんじゃないだろうか。この場所は狂っているけれど、偉大なる蠟の指導者は本当にリアルに見えた。偽物の自然を背景にすっくと立っていた。

　一同は彼の人の像をしばらく見つめた。適当な時間がたって、部屋を出るように言われる。ここで新たな疑問が頭をもたげてくる。偉大なる指導者の等身大蠟人形を見つめるのに適当な時間とは、正確にはどのくらいなんだろうか。北朝鮮の地下シェルターで、お世話をする人たちに囲まれながらいまだに国を動かしていると信じられているこの指導者を見つめるのにふさわしい時間とは？　答え、長い長い二分間。

反対側の部屋も、同じくらいシュールリアルで気味が悪い。私たちはまた先ほどと同じ作法を繰り返した。私の記憶が確かなら、そこにあったのは偉大なる亡き指導者（初代）とその夫人の蠟人形、そして偉大なる亡き指導者（二世）が馬にまたがっている蠟人形だったと思う。ご想像のとおり、一週間もすればあらゆるプロパガンダは混じり合い、溶け合ってひとつになってしまう。

私としてはその時点で帰る気満々だったし、ここがクライマックスであることを望んでいた。けれども、そんなに甘くはなかった。もうひとつの棟があるのは最初からわかっていた。通りを横切って反対側の棟へ向かう途中、制服姿の小隊がずしずしとやってきて、何かの演習を行いながら、私たちの前を通り過ぎていった。一分かそこら私たちに足止めを食らわせ、先に向こうの棟に到着した一団は、私たちが正面ドアにたどり着いたときには衛兵の交替式を入念に行っていた。

私はうっかり、この交替式についてコメントしてしまった。これと同じ習慣が、多くの国の重要な施設で見られるわね。たとえばロンドンのバッキンガム宮殿とか。ベテランさんは「まったく違います」とはねつけた。ここで、私は早くもドロップアウトしてしまった。「口答えなし」という自分に課した禁欲の誓いは、十分はどしかもたなかった。「でも、どうしてそう言えるのかしら？　意味合いは同じでしょ？　バッキンガム宮殿で衛兵が交替するのを見たことがある？　ほら、韓国のソウルにある景福宮でも同じことが行われているじゃない」（これはどう考えても危険な遊びだった……モノポリーで「GO」のコマを通過せずに直接刑務所へ行くようなものだ）

建物の中に入りながら、どのくらいの頻度で衛兵が交替するのか現地ガイドに聞いてほしいと頼んでみたところ、ベテランさんは、聞こうともせずに、こう答えた。「彼女は知りません」

「どうして知らないなんてことがあるの？　彼女はここで働いているんでしょ？」

「彼女がいる部門じゃありませんから。彼女は内勤なんです」

もはや誓いはどこへやら。「でも、聞いてみるくらいはしてくれてもいいんじゃない？」

北朝鮮、ああ北朝鮮、北朝鮮。「彼女は知りません」

この一時間というもの、最高の蜜月関係にあった相手を、私は睨みつけて言いはなった。おそらくは周りの全員と、自分自身にも向けて。「彼女は知らない。それでいて彼女はここで働いている。外を歩きもする。どうして交替式が秘密の情報なの？　その情報で私に何ができるっていうの？　ほかの国では実際に公表されている情報なのに。なぜなら衛兵交替式は国民の誇りで、旅行者はわざわざそれを見にやってくるからよ」

こんなことを言ったところで何がどうなるわけでもないし、皆に不愉快な思いをさせているだけだ。国外退去処分を受ける危険もあれば、それより悪いことだってあり得る。現地ガイドにとってもあんまりな仕打ちだ。彼女は何も間違ったことはしてないのに。それどころか、彼女は始終、ものすごく感じがよかった。なのにどうしてこんなことに？　私は泣きたくなった。そんなわけで、北朝鮮に来て最初にして最後、私は自ら身を引いたのだった。

私は世界のどこにいても、割と気持ちのいい人間だろうと思う。ただし、北朝鮮にいるときは別だということがわかった。それと、マンハッタンの一四丁目と六番街の交差点にあるスターバックスに並んでいるときも。

ふたつめの棟（見た目は最初の棟とまったく同じ）の見学を終え、現地ガイドは新人さんとベテランさん、そして私を車まで送ってくれた。私はまだ彼女との（心の中での）確執に気まずい思いをしていたので、なんとか埋め合わせをしたかった。その日彼女と過ごした時間について、そして彼女が示してくれた親切と忍耐について、私がどれほど感謝しているか知ってもらいたかった。彼女の目に浮かんだメッセージを、私なりに受け取ったと伝えたかった。その目を見ていると、私たちのあいだには絆らしきものがあると感じられたから。

ベテランさんと新人さんが車に乗り込んでいるあいだ、私はすばやく現地ガイドを振り返り、彼女の腕を軽く叩いた。両手を取り、目を見つめて英語で言う。「あなたにお礼を言いたいの。ご親切に感謝します。会えて嬉しかったわ。どうかお元気で」彼女は握った手に少しだけ力を込めて微笑んだ。それから英語で言葉を返した。「ありがとう」ちょっぴり、彼女と本当の友だちになれた気がした。

「そんなつもりじゃなかったのよ！」

かわいそうなアリスは言いわけしました。

（『ふしぎの国のアリス』）

第二一章　運転手

運転手には伝法なヤクザのおじさんを思わせるところがあった。しかしどういうわけか、空港の駐車場で引き合わされたときには、すでに彼のことが気に入っていた。彼は英語をまったく話さない。流暢な英語の使い手なのに、それを隠していただけかもしれないけれど。とはいえ、そんなことをしてなんの意味があるだろう？

運転手は六〇代後半か、四〇代前半だった。本当にどちらか覚えていないのだ。けれども、ベテランさんから彼の年齢を聞いたとき、ひどく老けて見えたか、ひどく若く見えたか、どちらにしてもすごく驚いたことだけははっきりと覚えている。彼の顔立ちには、どこか永遠の老人とでも言いたいような風情があった。太陽のほかには何もない場所で暮らしているアル中、といったような。

金歯が一、二本。髪はツンツンしていて、概して外見に気をつかっているとは思えない。痩せ型でそれほど背は高くないが、彼のまとった空気はどんな敵でも残忍に引き裂くことができる、あるいは嬉々として引き裂いてしまう男のそれだった。運転手をそんなふうに見ていることには気まずさがつきまとった。おそらくはまっとうな人だったのだから。私は本をカバーから判断するように、人を見た目で判断していた。

例外は、罪のない虫を乱暴に踏み殺したことだった。その虫は、ほんの数秒前に私が苦労して自動車から救い出したものだった……彼の目の前で。

私は病的な虫嫌いだけど、状況的にどうしようもないという場合を除き、できるだけ殺さないのが流儀だ。捕らえた虫を押しつぶしたり叩きつぶしたりして処刑する代わりに、恐怖を我慢して丁重に扱い、うっかり殺してしまわないように用心を重ねて、私のいる場所から追放するに留めている。

運転手は私が車から虫を注意深く逃がすのを見ていたので、虫を生かしておこうという私の意図はわかっていたはず。そのすぐ次の日、私はこの件について、運転手とベテランさんにきちんと話すことにした。DMZを訪れたとき（羽虫を追い出すために車を止めてほしいと私が頼んだとき）の会話で、私が殺生はしないこと、菜食主義者であること、あらゆる生き物の生命は等価だと考えていることを話したのだ。ベテランさんについては、それ以前から私の言うことを誰に対しても正確に通訳してないのではないかと疑っていたけれど、この日の会話でいよいよ見切りをつけることになった。

言うまでもないけれど、私に車から虫を放り出すことができたのなら、踏みつぶすことだってできた。その可能性を運転手は考えなかったんだろうか？　どう考えても、すでに気絶した哀れな虫を踏み殺すのは、自動車の外に安全な道を確保してやるよりもはるかに簡単だ。

皮肉なのは、運転手としては人助けのつもりだったということだろう。私のために虫を殺したのであって、私に意地悪したかったわけじゃない。私がＤＭＺで恐怖のあまり派手な悲鳴を上げたことを思い出してほしい。理由は、そこが危険な場所だったからではなく、ハエがいたから。認めよう……私にとって虫は「招かれざる客」ナンバーワンなのだ。

運転手はこのことを知っていたからこそ、あの虫を冷徹に踏みつぶした。彼の行動を美化しているわけじゃない。あれはフォークランド紛争のように力の不均衡を前提とした行為だった。圧倒的な踏みつけだった。私は思わず、彼の腕をぴしゃりとはたいていた。ほとんど反射的に。だって、アメリカ人は気軽なノリで、びっくりマークの代わりにぴしゃりとはたき合うものから！　ほら！（ここで私は「！」の代わりにぴしゃりとやる）

運転手をはたいた瞬間、私は自分がやらかしたことを悟った。でももう遅い。彼を傷つけてしまったこと、彼がバカにされ、拒絶されたと感じていることはその目を見ればわかる。私は一撃であまりに多くのものを破壊してしまった。私たちの絆はか細いものでしかなかったが、ようやく手に入れたものだった。それがいまや危機に瀕している。最悪な気分。なんと言っても、私は彼のことが、でたらめな発音でスペイン語を話すウェイターと、新人さんに次いで三番目に好きだったのだから。

とっさに英語で謝罪の言葉を口にすると、今度は大急ぎでベテランさんに頼んで朝鮮語で私の代わりに謝ってもらい（彼女はあてにならない性悪女（ビッチ）だが、ほかにどうしようもない）、アメリカ人の習性を運転手に説明してもらった。私たちは親愛のジェスチャーとして気軽なノリで互いにはたき合うのだ、とかなんとか。早口で話しすぎたせいで、後悔の言葉が空回りしてしまい、ベテランさんは通訳するのを完全にやめてしまった。それをごまかすためなのか、ベテランさんは訳知り顔で私のほうを向き、言わずもがなのことを口にした。「あなたは運転手を傷つけた」

運転手の心の傷が、辱めを受けたという怒りに変わるまでに、ほんの数マイクロ秒しかかからなかった。オチのないジョークを言ってしまったときの恥ずかしさが、次第に怒りに変わるように。もはや運転手の表情は判読不能で、彼は私に背を向けてフェイカランに入っていった。

ランチは子連れ再婚家庭のディナーのように進んだ——つまり、気まずい感じで。運転手はこちらには目もくれない。今度はこちらの腹が立ってくる。なんならこう言ってやりたかった。「あなたが罪のない虫を殺したことはがっかりだわ。おかげで反射的にあなたの腕をぶってしまったの。おまけにあなたはこちらを見もしないし、ベテランさんを介して話しかけてくることもない。何十億回も謝ったし、この件はもうたくさん。どうか怒らないでほしいわ」とはいえ、彼が臆面もなく傷ついていることについては、じつのところ嬉しくもあった。このことが意味するのは、運転手が自分自身の感情を生きているということであって、それは党がどうこうできることではない。どれほど党が人民を完璧な存在に見せようとがんばっても、朝鮮人もまた人間なのだ。

運転手はひとつの謎だった。ときに男らしく紳士的であり、ときに掛け値なしのクズだった。

ハマグリ焼きをしているとき、運転手はスクイズボトルをペニスに見立てて、そこから燃料を振りかけていた。これでガソリンの炎はさらに勢いづき、地獄の業火の中でハマグリは黒焦げになる。彼は酔っぱらっていたし、私たちもみんな酔っぱらっていたから、彼がいつもどおり口の端に煙草をぶらさげて、大きな円や八の字を描きながら「おしっこする」のを見て笑った。しかし笑いながらも、そこに暴力の気配を感じないわけにはいかなかった。それは彼の一挙手一投足に染み込み、そう簡単には振り払うことができないものだった。……こんな感じで、相も変わらず外見から彼を辛辣に見てしまう自分にはうんざりする。いかにも誤解を招きそうなみっともない靴を履いていたけれど、おそらく彼は、大きくなった悪ガキにすぎないのだから。

運転手が車に乗り降りさせてくれるときには、朝鮮語で正確に「ありがとう」と言うよう、できるだけがんばってみた。カムサハムニダ。一度だけうまく言えたことがある。もしあなたが今これを声に出して言ってみて、なんだ簡単じゃないか、この著者はバカなのか、と思ったとしたら、今度は本を見ずに言ってみてほしい。

私にカンニングペーパーはなかった。カプランが出しているスマホのボキャブラリーアプリを使って新しい英単語を一六九個憶えることはそう難しくないのに、私にはこのたったひとつの朝鮮語をマスターすることすらままならない。

私たちは毎日、少なくとも八カ所を訪れていた。それに加えてホテルへの送り迎え、昼食やディナー、トイレ休憩時の乗り降りもあって、これらを合計すれば、私は日に二二回も間違った「ありがとう」を彼に言ったことになるだろう。これには彼も死ぬほどイライラしたに違いない。けれども、私がカムサハムニダを間違えて発音し、「あれれ」となだれるたびに（ちなみに、間違った発音を毎回まったく同じように繰り返してみようとしたのだが、それはそれで難しかった）、彼は私の「あれれ」に一緒になって微笑んでくれたし、声を出して笑ってくれることもあった。心から私のしくじりを楽しんでいるように。ピットブルの代わりにチワワを連れてドッグパークに現れるアメフト選手――運転手はそんなイメージの人だった。

わが北朝鮮チームへの贈り物として、私はサングラスを持ってきていた。北朝鮮に行くなら、旅の途中で渡すための贈り物を持っていったほうがいいし、滞在先のホテルからチェックアウトするときに渡すチップ用に現金も持っていたほうがいい。ガイドが何人つくかわからなかったし、男性か女性かもわからなかったから、私が用意したのは男女兼用のサングラスが三種類と女性用のものがひとつ。ある日のランチの席で、私はサングラスを並べて、ベテランさんと新人さん、そして運転手にそれぞれ好みに合ったものを選ぶように言った。いちばん女の子っぽいデザインのものに、運転手が真っ先に手を伸ばしたので、新人さんは文字どおりのけぞった。

運転手は猫目のタフガイだ。そんな彼が、ガーリーなサングラスを堂々とかけた。

運転手はあらゆる機会をとらえて煙草を吸ったし、当然の結果として煙草臭かった。ついに私はベテランさんにお願いして、車に戻ってくるときは煙草を吸わないように頼んでもらうしかなかった。それくらい臭かったのだ。しかし彼はその要請をどこかの紳士か何かの競技チャンピオンだかのように悠然と受け止め、すぐに私と車の近くでは煙草を吸うのをやめた。以来、喫煙は私たち二人の間で交わされる夫婦喧嘩ごっこのネタになった。私が喫煙なんてろくでもない習慣を続けていたらいつか死ぬわよと口やかましく言えば、彼は彼で、肉を食べないなんてまったく変なやつだと食事中にからかってくる。この掛け合いを、私は「リアルかもしれないコト」リストに入れた。私たちのあいだに友情が芽生えているのが感じられたし、少なくとも私は友だちになれたと思った。なにより、ベテランさんの通訳なしにやりとりできるのが嬉しかった。

時折、運転手と冗談を言い合って楽しんでいると、彼に対する本物の愛情を感じないわけにはいかなかった。帰国が近づくにつれ、彼にはよく寂しくなるわと言った。彼も同じことを言った。これは私の本心だった。そして実際、寂しくなった。親友と会えなくなって寂しいとか、家族と会えなくて寂しいとか、そういう身近な誰かとの別離とは違う。けれども私たち二人のあいだには確かに何かがあった。彼もきっと同じことを感じていると思う。

あとのふたりも、アリスが立ち去るのをちっとも気にかけていないようでした。それでもアリスは、よびとめてくれないかなという気が半分は手つだって、一、二度はふりかえったのですが、
さいごに目に入ったのは、
ふたりがかりで眠りネズミを
急須のなかへ押しこもう
としているところでした。

（『ふしぎの国のアリス』）

「けさ起きたときは自分がだれなのかわかっていました。でもそれからあと、何回か変わったような気がします」（『ふしぎの国のアリス』）

第二二章　産婦人科医

高麗ホテルの朝食ビュッフェのオムレツコーナーの前で、卵が焼き上がるのを私は一人待っていた。独立した狭いコーナーには、電気フライパン／スキレットがあるだけだった。そのフライパンは間違いなく勤続三〇年は超えていそうな代物で、私はよく似たテフロン加工の茶色く変色したアルミフライパンを大学の寮で違法な用途に使っていた。一九八〇年代のことだ。ここではシェフが作るのは目玉焼きだけ。なぜか冷まして固まらせ、油まみれにして提供してくる。作りたてでもそうなのだ。

卵を十分に加熱して、生の状態から調理されたものへと変換させながら、なお卵は冷たいまま。そんなことを可能にする調理法ってどんなものだろう？　そんな考えにふけっていたせいで、隣に男性が立っていることにちっとも気がつかなかった。

顔を上げて彼を見たとき、私は心底驚いた。目に入ってきたのが、若くてキュートな、中国人ではない男性だったから（私が出会った旅行者の圧倒的多数は中国人だった）。

「ハイ」と彼は言った。見るからに新参者で、だからこそ見知らぬ人間に話しかけるのをまだ恐れていない。

「ハイ」私はささやき返した。

ひそひそ声よりは気持ち大きな声で、名前と職業、電話のシリアルナンバーをすばやく交換し、私は自分の割り当てられた席へと戻った。

席について、卵にバターとストロベリージェリーを塗りつけていると（冷えた卵を飲みこむための唯一の方法）、先ほどの男性がやってきて、同席させてもらえるだろうかと聞いてきた。私たちは二人して周囲を見回し、規則を破ったときに待ち受けていそうな脅威のレベルを見積もった。結論は「たいしたことはなさそうだ」彼は腰を下ろした。

あまり時間はなかった。二人とも八分後にはそれぞれのガイドと下のロビーで落ち合わなくてはならない。午前八時きっかりに。私たちは速やかに、互いの状況報告を行った。

彼は二六歳のアイルランド人で、ダブリン郊外のどこかに住んでいる。小児外科医で、驚いたことに私と同様一人で旅をしている。過去六カ月間、休みを取って友人たちと世界を回っていたが、友人たちは彼とは違って賢明だった。彼が最後の訪問地として選んだここ平壌をスキップし、友人たちは先に帰郷した。彼は前日に到着したばかりだが、明後日にはもう私と同じ便で北朝鮮を離れる。

私は静かに話した。ニューヨークから来たこと。頭のおかしなベテランさんのせいで自分まで頭がヘンになりそうなこと。この八日間この国の連中がしたことと言えば、私にウソをつき、顔をしかめてみせるだけだったこと。水分を摂りすぎるとおしっこが近くなるからという理由で十分に水を飲んでおらず、脱水症状になっていること。トイレが近くなるのがなぜ厄介なのかと言えば、私が尿意をもよおすたびにガイドたちは認可されたトイレを探さなければならず、可哀想な新人さんが私に付き添う羽目になるからということ。ここに着いて以来、チョコレートバーとすごくまずい卵しか食べていないということ。言葉がとめどなく口の先へとあふれ出ていった。

自分を抑えることができなかった。一年ぶりに人類に遭遇したかのようだった。卵のストロベリージェリー包みをひと口食べるごとに言葉を吐き出し、すべて吐ききってしまうと、彼の顔には同情と恐れが混じった表情が浮かんでいた。思わず、頭がヘンになったわけじゃないから、と言い訳したくなる(自分はクレイジーではないという申し立てこそ、いちばんクレイジーに聞こえるのだけど)。私はふつうの人間で(右に同じ)、いい仕事も持ってるし、部下だっているし、家だって持っている。いつもなら、無邪気に挨拶してきた相手に、ベテランさんだの陰謀だのについて際限なくしゃべりまくる変人なんかじゃないんだと。

私がひと息つくと、彼は自分のガイドについて話した。二人とも若い女性で、とても感じがよく、まったく問題はない。二人して彼に軽口を叩き、彼も二人に軽口を叩くこと。概して締め付けはゆるく、規則についても全体的にいい加減なこと。

むむむ。ちょっと待て！　そんなことがあり得るなんて！

そして事情が読めた……彼女たちはドクター・ハンサムに女学生のようにイカれてしまったに違いない。彼のキャンプにはベテランさんのような、ねじくれて辛辣で、嫉妬深い絶対専制君主はいいない。

または、こういうことなんじゃないだろうか。私の勝手な憶測、妄想だけど。なぜか彼のガイドたちは、彼のことを小児外科医ではなく産婦人科医だと思い込んでいる。それで、どうすれば双子が持てるのかと彼を質問攻めにしている。

病院と児童養護施設で「多胎児展示会」を見て以来（さらに、偉大にして親愛なる指導者様はなぜ双子や三つ子が好きなのかと、ベテランさんが切れそうになるまでしつこく問い詰めて以来）、私はこの件についていっぱしの専門家になったつもりでいた（背後にはなにかしらの陰謀がある、ということ）。そこで、彼には私の知り得た確実と思われる情報をすべて伝えた。


食堂の天井近くにある巨大な時計の針を見ると、もう出なければまずい時刻だった。お互いのガイドが待っている。私のチームは車で妙香山へ向かうことになっていて、彼のチームは平壌を回ることになっていた。当面はお別れだ。

ロビーでベテランさんに会うと、私は顔に大きな笑みを浮かべた。朝食の卵の味はひどかったけど、胸のつかえはすっかりおりていた。

私はベテランさんに言った。ほかにも一人旅の人がいたの！　私と同じ！　アイルランドから来てるの！　あなたがどれだけイカれてるか、八分間で洗いざらい話したわ！（最後のは言ってない）　彼のガイドと同じくらい、私も彼に参っちゃったの！（これも）。

ベテランさん　産婦人科医のことですか？

私　小児外科医よ。産婦人科医じゃない。

ベテランさん　双子を取り上げたそうですよ。

私　違うわ。彼は赤ん坊の手術をするの。

ベテランさん　（強情な沈黙）

翌日の午後遅く、妙香山から平壌へと戻る車中で、ベテランさんが私に謝ってきた。その晩が私にとって北朝鮮での最後の夜だった。ベテランさんは、私たち四人（新人さん、運転手、彼女、そして私）で楽しい夕食を共にして、酔っぱらい（チハダ）ましょうと言った。ただ、今夜のレストランは焼肉の店なので「肉しかないんです」。

私は率直に言ってくれたことに対してお礼を述べた。この滞在中、彼女は肉の入ったものが私に出されることがないよう気を配ってくれたし、これについてはとても感謝している（フェイカランに行く順番は決まっているので、たまたま最後の日が焼肉になってしまったのは仕方がない）。私は心配無用と彼女に伝えた。なんの問題もない。それで明日の飛行機に乗れるなら、テーブルクロスだっておいしく食べられるだろうと心の底から思った。ライスだけでは不満だろうと思ったのか、ベテランさんはこう付け加えた。「産婦人科医もやって来ますよ」

私　小児外科医よ。

私たちがそのフェイカランに到着すると、ドクター・アイリッシュと彼の運転手、そしてのぼせ上がったファン二人はすでに着席して食事を始めていた。私たちが隣のテーブルにつくと、ベテランさんはさっそく幹事役を買って出た。

ベテランさん　どんどん飲みましょう！　ワインを飲んで！　ワインをちょうだい！

ベテランさんはワイン好きだった。

「ワイン」というのは、ベテランさんが愛情を込めてそう呼んでいるソジュのこと。断じてワインなどではなく、基本的に純アルコールだ。彼女がソジュのことを本当にワインだと思っているのか、強い酒が好きなことを隠すための婉曲表現としてワインという言葉を使っているのかはわからないけれど、その言い間違いはかわいらしいと思う。

ベテランさんに初めて「ワイン」を差し出されたとき、私は何も考えずにたっぷりすすってしまった。シャルドネみたいな感じかと思っていたら、ざらりと強いアルコールで、喉に火がついた。咳を押さえ込むと涙がとめどなくあふれ出したが、味は悪くないと思った。それ以来、ワインが置いてある店に行くたびに、ベテランさんは私に必ず注文させて、支払いもさせるようになった。

ソジュが何本か運ばれてきた。私は運転手のためにビールを二、三本注文した（彼はビール党で、ワイン党ではなかった）。これが彼にビールをおごる最後の機会となった。数分もすると私たちはみな酔っぱらっていた（運転手がビールの大瓶二本で昼食をすませたことがあったが、そのあと私はベテランさんに、北朝鮮では飲酒運転は禁止されていないのかと聞いてみた。彼女の答えは「ええ、禁止されています」だった）。私たちは互いに乾杯した。こちらがドクター・アイリッシュとその一団に乾杯すると、向こうはこちらに乾杯を返した。一緒になって座り、誰もが酔っぱらい、微笑み、声を上げて笑った。ほとんどどこにも異常なところなどなかった。

理不尽なまでの力強さで感傷が押し寄せてきた。明日の朝にはこの国を去ることが信じられない。多くの時間、この旅が早く終わることを願ってきたけれど、ついにそれが実現する。早くこの国から離れたいという思いに変わりはなかったけれど、その瞬間だけは旅が終わらなければいいのにという気分になった。子供の頃、夏のお泊まりキャンプに行ったときのことを思い出す。キャンプなんて嫌いだったし、帰りたくてたまらなかった。でも、その最後の夜、キャンプ参加者が全員大きな焚き火の周りに腰を下ろし、歌を歌ったり、夏の出来事を思い出したりしているとき、ほかの人たちと一緒になって私も泣いていた。終わってほしくなかったけれど、どうしようもなく終わりを求めてもいた。

朝食でドクター・アイリッシュに初めて出会ってから二日が過ぎたが、この間、彼はプロパガンダ・ツアーに引っ張り回されていた。彼のガイドたちは、相変わらず恋する乙女のようなまなざしで放任主義を決め込んでいたものの、北朝鮮は抑圧された場所でも狂った場所でもないと彼を説得することはできなかったらしい。私たちは座ってお互いの経験と意見を声をひそめて交換した。安心感が大きな波になって打ち寄せてきた。朝鮮に来て初めて、この国が狂っているということを別の人間が確認してくれたから。

ベテランさんと運転手が話に没頭している機会をとらえて、私は新人さんに国外脱出のアイデアを持ちかけてみた。なぜニューヨークがそれほどすばらしいのか、なぜ彼女が気に入るはずだと思うのか、私たちが友だちとしてどんなにうまくやっていけるか……私はまる一週間かけて、彼女にそんなことを吹き込んできた。

「そうできたらいいのに」彼女はベテランさんに見られないよう、口を覆ってくすくす笑った。

いいいいいいいいいい、そう答えると思ってた。

「私もそう思う」私は神妙に返した。

どんな形であれ、新人さんにはもう二度と会えないだろうし、話すこ

ともない。これが奇妙で悲しい現実だった。

次の朝、私たちは全員ロビーに集合した。出発の準備は整った。

私はついに高麗ホテルをあとにした。ガイド二人と自動車に乗り込み、ドクター・アイリッシュもまた彼の車にガイドと乗り込んで、二台とも空港に向かって出発した。

最後に後部座席に身体を沈め、去りたくてたまらなかった町を窓から見つめた。結局、ここはどういう場所だったのだろうかと静かに思いを巡らせていると、ドクター「小児外科医」アイリッシュを乗せた車が私たちを追い抜いていった。

「ああ！」興奮したベテランさんが

指をさしながら、こちらを見た。「誰の車だかご存じ?」

「さあ、誰の?」私は反語で応じた。

「産婦人科医よ!」彼女は興奮して言った。

この一瞬、私は彼女のことが本当に好きになった。

運転手は古くて小さい、けれどもなんとか稼働中の空港の駐車場に乗りつけた(ここは、大きくて新しい閉鎖中の空港から一ヤードと離れていない。じつにノコ的な様式だ)。エンジンを切り、外に出る。運転手は柄にもなく道中は黙っていた。私のバッグを車のトランクから取りだしてきて、目を合わせることなく私の脇に置いた。私はチップを渡し、ハグなりなんなりをしてちゃんとさよならを言おうとしたが、彼はひと言も言わずに背を向けて車の中に戻ってしまった。ありがとうもなく、さよならさえなかった。

それでおしまい。


ベテランさんと新人さんに案内されてターミナルビルに入る。私の目には涙がにじみ出していた。私はいつも空港で涙をためてしまう。物事が移り変わってしまうことに弱いから。さよならを言うのも苦手だ。運転手の予想外の態度にショックを受けていたので、これから訪れようとしているもうひとつの別れはどんなものになるのだろうと、ますます落ち着かない気分になっていた。

結局、運転手と同じだった。彼女たちはチップのお礼を言っただけだった。

愛情あふれるさよならというものが、北朝鮮では許されていないのかもしれない。関わり合いを持った外国人との場合はとくにそうなのだろうか？　あるいは、彼女たちの冷たい態度は危機管理の一種で、トラブルを避けるために感情を抑制する唯一の方法だったのかもしれない。あるいは、私がすべてを読み間違えていたということなんだろうか？　彼らの誰も私が好きだったことはなかったし、ずっと私のことを卑劣なアメリカ人帝国主義者以外の何者でもないと思っていたのだろうか？

その答えを知ることは決してないだろう。

「もし、もいちど会うにしたところで、わしにはおまえさんがわからんだろうよ、」不平そうな声でハンプティー・ダンプティーは答えました。握手するために指をいっぽんだけさしのべながら。「おまえさんはほかのだれとも寸分ちがわんからなあ。」（『鏡の国のアリス』）

백 전
조선인민의 모든 승리의 조직자이며 향도자인 조선로동당 만세!

第二三章 彼らだって人間

私たちは平壌郊外のどこかで車を走らせていた。どこだったのかは覚えていない。巨大で広大な建設現場に行き当たったときには、すでにずいぶん長いあいだ走っていた。そこには建設途中あるいは解体途中のマンション群が、あらゆる方向に数ブロックにわたって広がっていた。無数の男たちが照りつける太陽の下で人力工具を使っている。服装はおなじみのくたびれたシャツとパンツか、軍服だ。このスケールの建設現場を見るのは衝撃的な体験だった。男たちは命がけでビルの壁面にしがみつき、安全器具もつけずに窓からぶら下がり、山盛りの建設廃材を手押し車で運び、ふつうなら機械がするはずの仕事にあたっていた。彼らは熱に浮かされたようにめちゃくちゃに動き回っていた。パニックに陥ったアリが、四方八方にジグザグに進んでいくように。

私は凍りついたように窓の外を見つめ、自分が見ているものがなんなのかを理解しようとしていた。普段なら、ベテランさんが休みなく話しかけ、窓の外より自分のほうに私の視線を奪い取ろうとしただろう。それが、私に見せたくないものを見せないようにするための彼女なりの戦略だった。けれど、彼女は黙り込んでいた。なぜだろう？　ベテランさんを見ると、彼女もまた窓の外を見つめていた。

「なんてこと。奴隷みたいじゃない」私は静かに言った。ベテランさんのほうを向いたまま。

ベテランさんは視線をこちらに戻したが、その目は口では語れないことを語っていた。そして溜息をつくと、視線をそらした。

北朝鮮の人民は、生まれたときから北朝鮮はあらゆる点でほかのあらゆる国よりも優れていると洗脳される。彼らの偉大なる指導者は敬うべき全能の存在であり、アメリカ、日本、韓国は死すべき敵であって、いつでも攻撃する準備はできていると信じ込まされる。


こうした信念への従属を確かなものとするために、北朝鮮の人々は思想においても行動においても全身的かつ体系的な隷属化を強いられる。「キム・カルト」は彼らの生活のあらゆる側面に行き渡っている。学校、仕事、社会活動はすべて教化プロセスの一部。彼らは、種類を問わず、外部の情報に接触するあらゆる手段を奪われている。彼らに分け与えられる唯一の知識は、党が彼らに知ってほしいと望むものだけ。そのすべては社会形成を通して補強される。自己表現、思想の自由、変革に影響を及ぼすような社会的言説、あらゆる種類の個人的信条が生きられる場は、もはや人それぞれの頭の中にしかない。どのように生きるか、どこに暮らすか、何をするか、何を学ぶか、どんな仕事をするか、運転してもいいのか、旅行してもいいのか、どこまで行けるのか、誰と話せるのか……すべては党が決めること。自分の人生を自分の手でつくりあげる機会なんて与えられていないし、どんな自治も奪われている以上、体制の恐怖の下で生きるしかない。

そこでは疑念、異議、不一致のどんな兆しも見逃されることはなく、あえて一線を越えようとすれば、大きな代償を払わなければならないことは暗黙の了解となっている。

底なしの恐怖と敵への憎しみ、偉大なる指導者への不動の忠誠心と責務を染み込ませることによって、体制はどうにか絶対的な支配を維持してきた。

けれども、ベテランさんや新人さんや運転手のような人たち——つまり、情報を共有し、理解を育み、関係を築こうと働きかける私のような外国人と定期的に交流する人々が、そうした関わりを通じて自分たちの人生だと教え込まれてきたことの多くがウソであると理解したら、ある種の認知的不協和を引き起こさずにはいられないだろう。どこかで読んだけれど、アルカトラズの囚人たちの耳にはサンフランシスコの町の音（音楽と会話）が聞こえるという。そして、囚人たちを最も苦しめるのは、投獄されていることではなく、近くで聞こえる自由の音なのだと。私のガイドたちもまた、同じ運命に苦しんではいるのではないかと、私はずっと気にかかっていた。

私が思うに、ベテランさんは、心の底では北朝鮮はバカみたいな国で、偉大なる指導者がどうしたという話もすべてたわごとだと心得ている。しかし、全人生にわたる洗脳と、北朝鮮社会の鉄壁さが、信条を払いのけてこれまでの人生を放棄するという選択を彼女にとって不可能にしている。

あるいはそうではなく、彼女は私に語ったことを本当にまるまる信じているのかもしれない。

ベテランさんと過ごした時間の中で、私の言うことに理解を示す、かすかな兆しが彼女の表情に走ったこともあれば、彼女が暗黙の了解を示す身ぶりを見せることもあった。彼女の言葉が率直に響いたこともあった。そんなとき、私は彼女とのあいだに本物のつながりを感じていた。それを友情と言っても、それほど間違ってはいないと思う。ベテランさんが「ベテランガイド――狂気の規則の執行者」であることをやめて「ベテランガイド――リアルな人間にして複雑思考の体現者」になることもあった。しかしその瞬間は、すぐに蒸発してしまう。自分で身体を揺すって夢からさめ、ノコの現実へと帰っていくように。そこでは、北朝鮮は地球上でもっとも偉大な場所であると私に信じさせることが彼女の仕事であり、その仕事をしている彼女はこの上なく幸せなのだ。

結局、私はいつだってあとづけでベテランさんについてあれこれ言っているにすぎない。彼女は自分の言ったことを何ひとつ信じていないし、今はただ時節を待っているだけなのだと、私は一〇〇パーセント確信している。同時に、私は完全に間違っているという確信もある。

私たちはある日の午後、どこかの信号で停車した。同じ形のつばの広い帽子をかぶった一群の人々が私たちの前を横切っていった。なぜ、みんな同じ帽子をかぶっているのと私はベテランさんに尋ねた。ベテランさんは、彼らは二週間の奉仕活動から帰ってきた人々だというようなことを話した。田んぼで働くのだそうだ。ベテランさんの説明によると、人民は誰でも、彼女も含めて、毎年二週間、稲田での作業に参加しなければならない。彼女もつい二、三週間前にその奉仕作業をしてきたところだという。その告白に衝撃を受けた私は、家族や普段の仕事から離れるのは辛くはないか、悲しくはないかと聞かないわけにはいかなかった。彼女は反射的に私を見たが、その表情は「もちろん田んぼでの仕事は辛いわよ、バカなの？」と言っていた。しかし瞬時に立ちなおり、何事もなかったかのように微笑んで言った。「名誉なことですよ」

またある日の午後、平壌の「本と切手の店」（売っているのは偉大なる指導者が書いた本か、偉大なる指導者について書かれた本か、その他のプロパガンダだけ）でのことだった。ベテランさんは、民衆に向けた扇動的な演説と軍事パレードの様子を収録したコンピレーションDVDを買うようしきりに勧めた。私は礼儀正しく断ったが、彼女は聞き入れてくれない。結局、会話を打ち切るためにこう言うことになった。「私の国では、もう誰もDVDを使ってないの。現に私はDVDプレーヤーを持ってないし、ほとんどのコンピュータにはDVDドライブも付いてないのよ」彼女は話すのをやめ、その顔には正真正銘の混乱と不信が浮かび上がっていた。世界で最も偉大な、最も進んだ国であるはずの北朝鮮がDVDを使っているというのに、なぜアメリカは使っていないのか？　私がオンデマンドとストリーミングサービスの説明に取りかかろうとすると、彼女はそれをさえぎって言った。「切手をお買いなさい」彼女の顔に満ち足りた笑みが戻った。

私はまたもや考え込まないわけにはいかない。ベテランさんの空威張りと大言壮語は、北朝鮮での生活はすばらしいと、私ばかりではなく彼女自身をも説得しようとするものではなかったかと。

そして、ベテランさんよりも新人さんのほうが正しく現実を把握していたのではないかとにらんでいる。

そうとしか思えないのは、私のノコに対する皮肉な当てこすりに、彼女が何度となくクスクス笑うのを目にしていたからだ。彼女との会話の端々から拾い集めた情報の断片を見ても、彼女は人生を通して西洋文化に触れてきたし、それが好きなんだろうと思う。

党創建記念塔という巨大なモニュメントを訪れたとき、いつものように新人さんと私はトイレを探すことになった（二人の絆を育んだ時間の多くはトイレに関係していた）。

最寄りのトイレがあるビルには展示室らしきものがあった。ベテランさんと運転手が待っている場所へ戻る前に、私たちはそこに立ち寄ってみた。ゴミみたいなアートを並べたギャラリーを見て回りながら話をしたが、話題はやがて絵画から映画へと移っていった。新人さんは大学にいるときにアメリカ映画をいくつか見たことがあると興奮気味に話した。私は驚いて、どの映画を見たのか尋ねた。映画の名前は私の頭からすっぽりと抜けてしまっているけれど、ヒラリー・ダフだかアマンダ・バインズが出ていたと思う。新人さんは、生き生きと熱を込めて映画について説明し、私がそのうち二、三本は見たことがあると言うととても喜んだ。どの映画がお気に入りかという質問には、おずおずと全部好きだと答えた。そして、みんな「とてもおかしい」と。

ある映画はニューヨークを舞台にしていたから、私たちの会話はふたたび方向を変えた。私は彼女にささやいた。ニューヨークは世界中から集った人であふれ返っていること。道を歩くだけで考えられるかぎりのあらゆる言語が耳に飛び込んでくること。毎朝どうやって私がタクシーをつかまえて仕事に向かうか。タクシー運転手の中にははるか遠くのスーダンやパキスタンからやってきた人もいること。私のアパートメントの数マイル以内に何千ものレストランと店があり、一度に二〇もの映画を上演できるシネプレックスがあること。彼女は好きなお話に耳を傾ける子供のように私の話に没頭していた。あなたはニューヨークを絶対気に入るはず、と私は言った。もしニューヨークを訪れたくなったら、あるいは住みたくなったら、いつでもわが家に歓迎するわ。彼女は私に目を向け、羨望を込めて、「ええ、本当に行きたいわ!」と言った。私はしばらくのあいだ、そんなことは決して実現しないという考えを頭の中から追い払った。

新人さんは、兄弟も父親も母親も大学を出ていて、全員専門職に就いていた(それぞれ、医師、教師、医師)。私が彼女の家について説明してほしいと頼むと(平壌でよく見かける、モダンな無人アパートメントみたいにすてきなところ? それともたいていの建物のようにあまりパッとしないところ?) 彼女は正直に「そこそこすてき」な建物で、「二部屋」あり、家族みんながそこに住んでいると答えてくれた。同じ質問をベテランさんに投げかけたときには、「もちろん! とてもすてきですよ!」といった感じの答えが返ってきた。

ある日の午後の予定は、萬瀑洞(マンポク)でのウォーキングだった。新人さんはトイレを探しに行き、ベテランさんと私は川のそばに腰を下ろして待つことにした。この短い二人きりの時間に、私は何か聞きたいことがあれば聞いてほしいとベテランさんに言った。私のことでも、アメリカのことでも、あるいは別の国のことでもなんでも。私に答えられるなら、絶対正直に真実を教えるから、と。

彼女は少しも逡巡することなく、「ハードカレンシー(交換可能通貨)」と「ソフトカレンシー

（金または外貨に交換困難な通貨）」の違いを説明してほしいと言った。

「なんですって？　それだけ？　それがあなたの知りたいことなの？　この広い世界の中で？」

私は信じられなかった。

彼女はこうつけ加えた。「中国の人民元はハードカレンシーなんですか？」

絆を深める機会にならなかったことにはがっかりしたけれど、私はひと息ついてハードカレンシーの説明を始めた。そのとき、ある考えが脳裏をよぎった。おそらく彼女は国外脱出を考えているのだと。私はベテランさんに微笑みかけて先を続けた。


北朝鮮は秘密とウソと答えのない疑問が渦巻く国。私にとって北朝鮮への旅は、いわゆる観光であると同時に、心の旅でもあった。あの国で過ごした時間に、私は強い衝撃を受けた。北朝鮮を毛嫌いし、悪の国に分類することは簡単だ。実際にそうなんだから。笑い者にすることはもっとたやすい。実際、あの国の多くの事柄はあまりにもバカげているのだから。けれども、北朝鮮と北朝鮮人を同一視するのは間違ってる。私たち同様、彼らもまた人間。党から切り離し、偉大にして親愛なる指導者から引き離してみれば、北朝鮮人はリアルな人々だ。

そして私はいつもこんなことを考えてしまう。もし私のガイドたちがどこか別のところに生まれていたら、どんな人間になっていただろう？　あるいはどんな人間になれただろう？　もしも私があの国で生まれていたら、私はどんな人間になっていただろうか？

ベテランさん（左）と新人さん（右）

エピローグ

平壌国際空港を飛び立ったのは、七月四日（金曜）の朝のことだった。北京を経由し、大幅な遅延があったにもかかわらず、空路のマジックで同じ夜には家に帰り着き、ちょうどニューヨークで開催されていた花火大会を鑑賞するのに間に合った。盛大な花火がロウアー・マンハッタン、ブルックリン橋、1ワールドトレードセンターの上空を染め上げるのを、私は居心地のいいリビングルームのカウチから眺めていた。

この人生に生まれてきたことへの歓喜と感謝に、私は静かな涙を流した。皮肉な巡り合わせに対しても涙した――地球上で最も不自由な国家である北朝鮮で朝を迎え、その同じ日に、自由の頂点である独立記念日のアメリカ合衆国、ニューヨークで一日を終えようとしているのだから。

日曜日、所用で街に出たついでに私は近所のネイルサロン「パウハナ」に電話して、予約に空きがないかどうか尋ねた。自宅の徒歩圏内にある三〇軒ものネイルサロンとは違い、ここはとても小さくて暖かみのある、ホッとするようなサロンだ。店内はハワイ風にデコレーションされている（ハワイ大好き）。通常、飛び込みの客が割って入る余地はないのに、その日はたまたま空きがあったのは嬉しい驚きだった。私は大急ぎで店にかけつけた。

椅子に腰をおちつけ、足先を水にひたすと、いつもお願いしているとびきり気さくで愛らしいネイリストがすぐにやってきた。このところどこかに行かれていたのですか、と彼女は尋ねた。ちなみに彼女は韓国出身だ。

北朝鮮という答えを聞いて、彼女はとてもびっくりしていた。それでも、私の隣に座っていた女性ほどではなかった。「聞き違いじゃないでしょうね？」その女性は言った。「北朝鮮から帰ってきたばかりなんですって？」私がそうですと言うと、女性は興奮気味にそのまた隣に座っている女性を指さしてこう言った。「私の友だちもよ」

「北朝鮮から帰ってきたばかりなんですか？」私は信じられない思いで尋ねた。

「そうよ！」

なんとその女性は、今回の個人ツアーの手配を依頼したまさにその旅行会社である「高麗ツアーズ」のスタッフだった。さらにすごい偶然は、ほんの何週間か前に私がビザを受け取りに行った、北京のとてもわかりにくい場所にある高麗ツアーズの小さなオフィスに、そのとき彼女もいたということだった。

私たちは北京でも北朝鮮でもニアミスしていたらしい。その二人が、今はコブル・ヒル（ブルックリンの中でも飛び抜けて小さいエリア）にあるこの小さなネイルサロンで、席ひとつ隔てて座っている。しかも私は飛び込みだったのに。

さらに信じられないことに、彼女が住んでいるのはコブル・ヒルではなく、ブルックリンでもなく、アメリカ合衆国ですらなかった。普段はロンドンに住んでいて、ロンドンとノコを行き来しているという。アメリカに来たのは二日前で、この私（北朝鮮を訪れたことのある数少ないアメリカ人の一人）の隣でペディキュアをすることになったのは、完全に偶然の賜物だった。

私がびっくりするような偶然を引き寄せるエキスパートだということはよく知られているけれど、そんな私からしても、これは超一級の偶然だ。

ガイドは誰だったの？　と彼女は聞いてきた。新人さんの名前を言うと「聞いたことがないわね」という反応だった。けれども、ベテランさんの名前を出したときの反応ときたら、ウソではなく彼女は開口一番こう言った。「あの人っておかしいでしょう！　すごく有名よ。お気の毒だったわね！」その後も、数々の辛辣なコメントが続いた。意地悪、怒りっぽい、融通がきかない、頭おかしい。いったい、どうやって一〇日間も続けてあの人といられたの？　彼女はそう言って悪口をしめくくった。

全・面・勝・訴。

ベテランさんといるとあんなにイライラするのには、何か理由があるはずだと、ずっと私は思ってきた。

ベテランさんは自分にプライドを持っていたけれど、決して幸せではなかった。彼女がなりたかったのは、ビジネスウーマンであってガイドではない。偉大にして親愛なる亡き指導者たちを彼女が敬愛していたのは間違いないだろう。けれども、私みたいな人間を介して、自分が放り込まれた人生に疑問を抱くこともあったはず。ベテランさんはバカじゃなかった。外の味を知っていたし、さらに多くを求めてもいた。そして私は、彼女の人生に欠けているもの、彼女が興味を持たないように教え込まれてきたものを、絶えず思い出させる存在だった。

きっと彼女は、私のことが好きで、それと同じくらい嫌ってもいたのだろう。私も同じように感じていた。ある意味、私はいびつな好意と称賛を彼女に対して抱いていた。本当のことを言うと、彼女がぜんぜん嫌いじゃなかった。ただ、本気でイライラさせられただけ。私は今もしょっちゅう、ベテランさんのことを考える。ゴルディアスの結び目のように解けない謎を抱えた、複雑な女性だった。彼女のことをもっとよく知りたかった。

アリスはよく自分に向かってなかなか立派な忠告をするのでした。（そのことばを守ることはめったになかったのですが）（『ふしぎの国のアリス』）

著者のおぼえがき　百聞は一見に如かないわけじゃない

ここに書かれたすべての出来事は、私の記憶にもとづく事実だ。ノコにいるあいだ、私はほとんどメモを取らなかった。メモが見つかればガイドたちに迷惑がかかるかもしれなかったから。とはいえ、最大の理由は私が純粋に観光客として北朝鮮を訪れたからであり、そのときは本を書こうなんて思っていなかったからだ。

前にも書いたけれど、私は世界を探検して、行く先々で見たことをほかの人と分かち合うのが大好きだ。たいていは、旅をしながらインスタグラムやフェイスブックに写真をアップし、写真にまつわるエピソードやそのときに私が感じたこと、旅先で見聞きしたおかしな出来事や興味深い出来事を文章にして添えている。帰国してから、更新頻度の非常にのろい私のブログにこれらの出来事をまとめることもある。

こうしたことは、もちろん北朝鮮では不可能だった。とはいえ、帰国した瞬間にこの国のことを誰かに話したくなるのはわかりきっていたので、私は毎日のように経験したバカみたいにおかしく、あるいは単にバカみたいな出来事や会話の数々を、極力記憶に留めておくよう努めた。

一言一句覚えておきたいような会話や出来事が発生したときは、思い切ってアイフォンに暗号でメモしていた。暗号というのは、なるべくすばやくメモをとろうと長年試行錯誤するうちに、私が独自に編み出した速記法のこと（子音だけ使う、でたらめなつづりにする、私にしかわからないように言葉を言い換える、など）。これにアイフォンの宿命である入力ミスとテキストの自動置換機能を組み合わせれば、ほぼ解読されない自信はあった。とはいえ、用心に用心を重ねるために、一つひとつのメモは異なるファイルやアプリに分割して保存していた（半分ずつ別のメモアプリに保存してフェイクのタイトルをつける、半分をメモアプリに、半分をメッセージアプリに保存する、など）。もっとも、極度に被害妄想をこじらせてしまってからは、こうした形式ですらあまりメモを残さなくなった。

北京の入国審査を通過するや、私はラウンジエリアに直行し、記憶に残しておきたいあらゆる出来事をアイフォンのメモ機能を使って入力していった（気の遠くなる作業だ）。家に帰り着くと、ただちにメモの補強にとりかかった（はるかに快適なパソコンのキーボードを使って）。この時点ではまだ本を書く予定はなかったけれど、年齢を重ねるほど予想外のスピードで記憶が失われていくことを実感していたし、この旅のことは決して忘れるわけにはいかなかった。それに、早くフェイスブックに写真と記事を投稿したくてたまらなかった。

帰国の翌朝、フォトアシスタントのレイチェルがやってきた。フェイスブックに投稿する写真をセレクトしながら、彼女に土産話を山のように話して聞かせるのがいつもの習慣だ。このときは、最初のひと言を発するより前にボイスレコーダーの録音ボタンを押した。それからデータをバックアップし、何時間にも及んだ会話（一人語り）を文字に起こした。まだ記憶が真新しいうちにこうしておけば、今回の旅のことを一生、覚えていられるし、フェイスブックやブログに上げる内容にも正確を期すことができる。

それからひと月後、私のフェイスブックを見たジェームズ・アルタチャーが連絡をくれた。「北朝鮮で本当に起きていること」というテーマで、彼のポッドキャスト『ジェームズ・アルタチャー・ショー』に出演してくれないかという。帰国してからというもの、取り憑かれたようにこの旅のことばかり考え、この経験を誰かに話したくてたまらなかった私は、このチャンスに飛びついた。ポッドキャストが公開されたあと、インタビューを文字に起こしたものが私の元に送られてきた。その内容が本書の原点であり、インスピレーションの源になっている。

自分の記憶の確度をできる限り高めるために、友人たちの協力を得て、何時間もかけて写真を見てもらいながら、同じ話を繰り返し聞いてもらった。話の内容に食い違いがないか確認するためだ。親友で編集者のベスに付き合ってもらいながら、スマホに向かっても同じことをした（またしても一人語り）。この語りも録音し、文字に起こした。

ある場所について正確な事実を思い出せないときは（大きさ、長さ、物の数など）、ウィキペディア、ウィキトラベル、ロンリー・プラネット、高麗ツアーズのウェブサイト、今回の旅行のスケジュール表などを参照し、適宜、ほかの人たちが得た情報を確認するために「トリップアドバイザー」のサイトも参照した。北朝鮮はデマとペテンの国。建物の名前や偉大なる指導者のデータといった基本的な情報すら一貫していない。本書では、最も一般に普及している説、もしくは単に自分の気に入った説を採用した。

安全を期すために人物名は伏せている。冗談ではなく。とはいえ、こんなことをしても意味はないのかもしれない。この点については自分の中で大いに葛藤した。私のガイドたちは、自分の仕事が根源的にはらんでいるリスクを心得ていたと思う。とはいえ、彼女たちにほかにどんな選択肢があっただろう？　私としては、私の入国を許可する前に党のほうでなんらかの身元調査を行っていたと信じるほかない。私はジャーナリストではないし、プロの写真家でもないけれど、私の文章や写真はインターネット中に散らばっていて、私が手加減しないタイプだということは容易にわかったはずだ。とはいえ、ベテランさん、新人さん、運転手、そのほかの人たちのことを思うと、私の心は重く沈む。どうか、どうか、彼らの身に害が及びませんように。

北朝鮮について本を書く（あるいはポッドキャストを公開する）資格が自分にあるのかどうか、私は何度も自問した。しょせん私は、一〇日間滞在しただけの観光客だ。とはいえ、この国を訪れる外国人の大半が参加するのは三～五日のグループツアー。私のように、より長い期間を一人きりで、完全に自分用にアレンジされたツアーに参加するのと違って、できることは限られているだろう。しかも、彼らには西側のツアーコンダクターが全日付き添うのに対して、私の付き添いはＫＩＴＣから派遣された北朝鮮のガイドだけだった。このことが、より豊かで深い体験を私にもたらしたと思っている。
強調しておきたいのは、本書は結局のところ北朝鮮の本ではないということ。少なくとも、一般教養やルポルタージュに属するような本ではない。北朝鮮を訪れた私が、そこで経験したこと、それが本書のテーマだ。私は北朝鮮のエキスパートを気取るつもりはないし、本書の内容が真実だと主張する気さえない。私にわかるのは、自分が何を見たかということだけ。北朝鮮では、「百聞は一見に如かず」のことわざは成り立たない。

私にわかっていることは次のとおり。

1　私はすぐれた直感と、高いEQと、とてつもない共感力の持ち主である。
2　私はほかの誰も気づかないうちに周りで起きていることを察知することがままある。
3　私は世界中を旅したことがある(本気で旅をし、探検している)。旅の回数を重ねるほどに、多くのパターンが見えてくる。
4　北朝鮮での九泊一〇日はそれなりに長い日程だし、その期間、ただ北朝鮮にいたわけではない。私は常に監視され、時間単位で決められた予定にもとづいて、毎日早朝に起こされると、一二〜一四時間かけて観光地から観光地へ、アクティビティからアクティビティへと連れ回された。そのあいだ、ずっと講義を受け続けてもいた。一人きりになれるのは、たまに一人で食事をするときと、ホテルの部屋で寝るときだけ。その日の気分で動くことは不可能だった。カフェでまったりしたり、「今日の予定はスキップして部屋で寝ていよう」なんてのもナシ。全力疾走でフルマラソンをするようなものだ。それを考えると、相当多くのものを目にしたのではないかと思う。

5　旅行中は同じガイドたちがずっと私に付き添っていた。私たちがお互いの側を離れることは基本的になかった。シフトの交替もなければ、私たちのグループに別の観光客が途中参加して、私の（あるいは彼女たちの）ストレスを軽減してくれるようなこともなかった。ただ、私たちだけの世界。そして、相手はしょせん人間。一緒にいてしばらくたつと、向こうも四六時中身構えるのをやめるようになる。すると、さまざまなハプニングが起こる。ミスをしたり、言ってはいけないことを言ったり、見せてはいけないであろうものを見せてしまったり、矛盾することを言ったり……。彼らをよく知りたいなら、彼ら自身の感情にまかせよう。人間とはうかつな生き物だ。よく注意すれば、いろいろなことが見えてくる。

6　私は山のように質問をした。その点については容赦しなかった。理屈に合わないことを前にすると、私はがぜんしつこく、ムキになって追及する。何日間にもわたって、いろいろなアプローチで質問をしていれば、徐々に情報を引き出すことができる。

7　逆に、まったく話さないこともあった。ひとつにはストレスから、もうひとつには、あまり深く突っ込むと、お互いをトラブルに巻き込むようなことを言ってしまうんじゃないかという不安から。さらに、日がたつうちにもうひとつの理由が加わった。ガイドたちは、質問をかわすことについてはよく訓練されていたけれど、沈黙に耐えることについては素人も同然だった。こちらが何も質問をしなかったり、話さなかったりすると、彼女たちは勝手にしゃべり出した。

8　私は平壌にじっとしていたわけじゃない。平壌は北朝鮮の「輝かしき」首都であり、国家の富、豊かさ、進歩を外部に知らしめるためのショーケース。その内側にあるすべてをコントロールしようと、政府は最大限に努力している（それでも失敗しているけれど）。一方、（私が何回かしたように）町の外に一歩出てみれば、そこは最下級の第三世界。田舎に点在する小さな市や町やその周辺は、控え目に言っても未開の地で、とことん寂れている。オズの魔法使いだって隠しきれないだろう。平壌でも、ある程度の時間を過ごしていれば、すべてがきれいで新しいわけじゃないことがわかってくる。注意深く観察しなくても、ただ眺めているだけで綻びが見えてくる。

9　キャリアを通して、私は人のマネジメントを行ってきた。ウソをついている人を見ればすぐわかる。

10　誰だってウソをつく。

ここでブタネズミの一ぴきが拍手したので、ただちに役人にとり押さえられました。（『ふしぎの国のアリス』）

11

「リアルかもしれないコト」リスト

順不同（このリストのきっかけになった「1」の花嫁を除く）

1　飛び入り参加した結婚披露宴で、花嫁が私に向けた、まごうことなき敵意のまなざし。

2　飛び入り参加した披露宴そのもの。

3　食事のたびに運転手と、お互いの喫煙癖、菜食主義についてやり合ったこと。あるとき運転手を傷つけてしまったこと。

4　制服を脱いで居眠りしていた、栢松総合食品工場の守衛。

5　栢松総合食品工場で見かけた作業員二人の片割れが、私に向けたひと睨み。

6　嘲笑や社会的抹殺もかえりみず仲間たちから一人離れて、私と同じ地下鉄車両に乗り込むという蛮勇をふるった少年。もっとも、数秒で脱落して電車から降りてしまった。

7　地下鉄の中で、おばあさんと私が席をゆずり合おうとして同時に動いたとき、一瞬の混乱があり、周囲から自然な笑いが起こったこと。通常、ノコのプロパガンダ・ツアーにおけるハプニングは、協議のネタになるだけであって、純粋な笑いのネタになることはない。

8　サッカーの試合でキャーキャーと叫んでいた新人さん。そんな彼女にブーイングの仕方を教えたこと。

9　サッカーの試合でベテランさんが「くそったれ！」と叫んだこと。

10　博物館のガイドが「太陽の周りを回る地球」について解説したとき、新人さんがくすくす笑ったこと。

11　ホットスパの中で完全なる悟りの境地にいたったこと。

12　DMZをドライブしている途中、虫を逃がすために車を停めてと頼んだときの、ベテランさんの「信じられない」という表情。

13　「将校さん」ことDMZの現地ガイドがイケメンだったので、両親から結婚をせっつかれているらしい新人さんとくっつけようと画策したこと。将校さんがイケメンであることを新人さんが認めたあとになって、（とても遺憾なことに）彼が既婚者であることをベテランさんが暴露して水を差したこと。

14　ベテランさんの顔に浮かんだ、笑顔以外のすべての表情。例：かすかな苛立ち、不満、失望など。一日目に、私が北朝鮮特製のオレンジアイスクリームをいらないと言ったときのベテランさんの反応。

15　外に座る場所がないからという理由で、高麗ホテルのことを牢屋みたいだと私が言ったあと、屋外で座れそうな場所を見つけるたびに、指さして「牢屋にいる気分なら座ったほうがいいですよ」と意地悪く言ったベテランさん。

16　沙里院の民俗村にある丘でピクニックをしていたとき、私たちは小学生（少年先鋒隊に入るには幼すぎる年頃）の大集団に遭遇した。私が丘の上にのぼっていったのを見ていた彼らは、先生たちにお願いして、私がまた下りてくるのを待っていたらしい。私が子供たちの写真を撮るのが大好きなことを知っているベテランさんは、珍しくもこの特報を興奮気味に知らせてきた。丘を下っていったところ、子供たちは大はしゃぎだった（まさにハチの巣をつついたような騒ぎ！）。数えきれない子供たちが私を取り囲み、私を追いかけ、手を振って何度も何度も「ハロー！　グッバイ！」と繰り返し叫んだ。子供たちのはしゃぎっぷりは間違いなく本物で、それは新人さんの驚きようと喜びようについても同じことだった。「こんなの見たことがないわ」と新人さんは言った。一方、ベテランさんは、悲しむべき感情の欠落を如実に物語っている自分の無表情っぷりに気づかないふりをしていた。

17　ちびっこファンにもみくちゃにされたあと、私たちは丘のふもとにある民俗村の入口近くまで下っていった。入口の右側には九、一〇枚の巨大パネルが一列に並び、北朝鮮の「歴史」（アメリカ人帝国主義者が戦時下に行った残虐行為）を物語っている。陽は高く、気温は五〇〇度もあるんじゃないだろうかというくらい暑かった。私はすっかり無気力になり、トイレに行きたくなった。この手のしょうもない広告は何度か見ていたけれど、この頃には心底どうでもよくなっていたので、私はベテランさんに言った。「はいはい。なんでもかんでもアメリカ人帝国主義者のせいってわけね。すっ飛ばしても構わないかしら？　おしっこをしたいのよ」このとき、新人さんが反射的にくすくす笑ったところ、ベテランさんが本気のひと睨みで新人さんを瞬時に黙らせたこと。

18　新人さんと同じ日に生理になったこと。私たちは生理痛を通じて絆をはぐくんだ。これはまぎれもない事実である。

19　インスタントカメラの真っ白な印画紙の上に自分の姿が浮かび上がるのを目にしたとき、「将校さん」の顔に広がった満面の笑み。

20　いとしの大将から「北朝鮮に来るなんて勇敢だ」と言われたこと。

謝辞

決して忘れることのできない思い出をくれた、ベテランさん、新人さん、運転手に感謝したい。まぎれもなく人生を変える旅だった。この旅をコーディネートしてくれた高麗グループのサイモン・コックレルにも感謝を。この四人がいなければ、この本に書いた物語は生まれなかった。

私のコーチ、教師、編集者、リサーチャー、相談役、問題解決人、セラピスト、チアリーダー、そして二〇年来の友人であるベス・プライスに。本書の最初の一語をタイプした瞬間から、彼女は私の側に付き添ってくれた。その尽きせぬサポートと、あらゆる局面でのアドバイスなしに、本書が陽の目を見ることはなかっただろう。

編集者のクリスティン・ムーアとリンダ・シュミットに。彼らの貴重な専門知識、的確な助言、心遣いと熱意の深さにどれほど助けられたか、いくら強調してもし足りない。そして下読み担当のローラ・コップに。家をカタに取られても私が自分では発見できないようなミスを彼女は見つけだし、有能な校正者の必要性を疑いの余地なく証明してみせた。

ただの紙の上の文章を、こんなに美しい（かつリアルな！）書籍に仕上げてくれたブックデザイナーのエリン・タイラーに（カバーも本文も）。偉大にして親愛なる指導者たちとは違い、彼女の「現地指導」は本物の奇跡を起こした。

ジェームズ・アルタチャーに。彼のポッドキャストで北朝鮮に関するインタビューを受けたことが本書の原点になっている。彼はまた、さまざまな分野のプロフェッショナルを惜しみなく紹介してくれた。その何人かは本書の制作チームの中心メンバーだ。

妹のクリスティ・シモンズに。愛情と励まし、鋭いつっこみとすばらしい感想をありがとう。私は彼女を細胞の一つひとつまで愛している。

フォトエディター、ウェブデザイナー、そして万能のアドバイザーであるファブリツィオ・ラロッカに。彼ほど献身と忍耐と気づかいを体現している人物は、このご時世めったに見られない。

不可能を可能にしてくれたピーター・クラークに。自費出版の仕方を教えてくれたのは彼だった。ピーターがいなければ、私はこの本をレモネードの屋台で手売りするか、キンコーズで印刷する羽目になっただろう（キンコーズに含むところはないけれど）。

私の個人サイト（wendysimmons.com）の運営にすばらしい手腕を発揮してくれているレイチェル・ブリッシュ、キム・ユジン、ジェニファー・アーノウに。そして、本書のために最高の特別サイト（MyHolidayInNorthKorea.com）を立ち上げてくれたフィルトロの有能なチームに。彼らはとんでもないスケジュールで（電動工具なしに！）仕事をこなしてくれた。

無条件に私を愛し、いつもそのことを知らせてくれる母とマイケルに。かけがえのない存在でいてくれてありがとう。二人を心から愛しています。

私の文章やこの本を楽しみにしてくれた、すべての友人に。私が必要としているときに、いつもそこにいてくれてありがとう。こんなにもやさしく、思いやりのある人たちに囲まれているなんて、私は信じられないくらいの幸せ者。

なお、章の冒頭の文章はすべて、ルイス・キャロル『ふしぎの国のアリス』『鏡の国のアリス』より引用した。

【著者】ウェンディ・E・シモンズ
（Wendy E. Simmons）

ウェンディ・シモンズは、世界中のすべての国を訪れるまで旅することをやめないだろう。荷造りが大嫌いなのに、これまでに85カ国（自治領や植民地や海外領土も含む）を旅し、その冒険譚をブログ（wendysimmons.com）で公開している。
2001年にコンサルティング会社「ヴェンデルー」を創業（現社長）。ニューヨークを拠点とするアイウェアブランドの副社長であり、カメラマンとしても活躍中。マンハッタンでバーを経営したり、キャピトル・ヒルのロビー会社に勤めたり、日本語のフレーズブックを書いたりした経験も。いまや日本語はさっぱりのウェンディだが、ピッグ・ラテン語はすばらしく流暢。ジョージ・ワシントン大学を首席（サマ・カム・ラウディ）で卒業、ファイ・ベータ・カッパ会員。
日々ムエタイの鍛錬を積み、ブルックリンの改装された1800年代の校舎に住んでいる。

【訳者】藤田美菜子（ふじた・みなこ）

早稲田大学第一文学部卒。出版社で雑誌・書籍の編集に携わり、その後フリーランスの編集者・ライター・翻訳者に。訳書に『ツイン・ピークス　シークレット・ヒストリー』（KADOKAWA）がある。

北朝鮮を撮ってきた！

アメリカ人女性カメラマン 「不思議の国」漫遊記

●

2017年9月29日 第1刷

著者…………ウェンディ・E・シモンズ

訳者…………藤田美菜子

装幀…………犬塚勝一

発行者…………成瀬雅人
発行所…………株式会社原書房

〒160-0022 東京都新宿区新宿 1-25-13
電話・代表 03（3354）0685
http://www.harashobo.co.jp
振替・00150-6-151594

印刷…………シナノ印刷株式会社
製本…………東京美術紙工協業組合

ISBN978-4-562-05426-8, Printed in Japan